발굴하는 직업

발굴하는 직업

진주현

미국 국방부에서 일하는
법의인류학자의 삶

마음산책

발굴하는 직업

미국 국방부에서 일하는
법의인류학자의 삶

1판 1쇄 인쇄 2024년 2월 20일
1판 1쇄 발행 2024년 2월 25일

지은이 | 진주현
펴낸이 | 정은숙
펴낸곳 | 마음산책

편집 | 성혜현 · 박선우 · 김수경 · 나한비 · 이동근
디자인 | 최정윤 · 오세라 · 한우리
마케팅 | 권혁준 · 김은비 · 최예린
경영지원 | 박지혜

등록 | 2000년 7월 28일(제2000-000237호)
주소 | (우 04043) 서울시 마포구 잔다리로3안길 20
전화 | 대표 362-1452 편집 362-1451   팩스 | 362-1455
홈페이지 | www.maumsan.com
블로그 | blog.naver.com/maumsanchaek
트위터 | twitter.com/maumsanchaek
페이스북 | facebook.com/maumsan
인스타그램 | instagram.com/maumsanchaek

ISBN 978-89-6090-868-0 03810

* 책값은 뒤표지에 있습니다.

내 앞에 놓여 있는 수많은 유해와

어디선가 그들을 기다리고 있을 가족들

그리고 나는 우주의 인연으로 맺어진 게 분명하다.

집에 가는 길

나는 집에 가는 길이 참 좋다. 직장에서 보낸 하루가 즐거웠든 힘들었든 집에 가는 발걸음이 가볍다. 물론 집에 가도 저녁 준비부터 이것저것 할 일이 산더미 같지만 그래도 집에 간다는 사실만으로 좋다. 집안 살림을 담당하는 주부로서, 어디 하나 나의 손길이 닿지 않은 곳이 없는 집이야말로 내가 매일 재충전을 하고 웃고 울고 쉴 수 있는 곳이다.

예전에 한국전 참전 용사가 쓴 회고록을 읽었다. 전쟁의 총알보다 두렵고 견디기 힘든 건 매일 밤 고된 전투를 끝내고도 돌아갈 집이 없는 것이라 했다. 매일 돌아가곤 했던 집이 그때부터 더욱 고맙게 느껴졌다. 생각해보면 집에 가지 못한다는 건 서러운 일이다. 여행이 아무리 즐거워도 집에 가면 더 좋다는 말을 괜히 하는 게 아니다. 비단 내가 살고 있는 공간이 아니더라도 내가 태어난 곳, 자란 곳 혹은 오래 산 곳처럼 익숙한 곳도 결국은 내 집이다. 올해로 미국에 온 지 20년이 되었지만 여전히 내가 초등학생 때부터 유학 떠날 때까지 살았던 서울 집에 도착하면 마음이 편하다. 누구에게나 그런 곳이 있다. 그게 집이다.

나는 집에 가지 못한 사람들을 찾아 늦게나마 집에 보내드리는 일을 한다. 수십 년간 시신조차 찾지 못해 장례도 치르지 못했던 사람들을 찾으러 다닌다. 뼈가 발견되면 유해를 감식해 신원을 확인한다. 그때가 되면 그들을 애타게 기다렸을 부모는 이미 세상을 떠났지만 수십 년 전의 아련한 기억이 남아 있는 형제자매들은 아직 살아 있다. 직접적인 기억은 없지만 이야기를 전해 들은 자식이나 조카들도 있다. 나는 올해로 15년째 미국 국방부에서 실종된 군인의 유해를 발굴하고 감식하여 가족의 품으로 돌려보내는 일을 하고 있다. 큰딸이 유치원에서 친구들에게 엄마의 직업에 대해 이야기하는 걸 우연히 들은 적이 있다. "우리 엄마는 뼈 모으는 사람이야(누가 들으면 엄마가 연쇄 살인마라도 되는 줄 알겠구나)!"

　나의 직업을 소개하면 가장 많이 듣는 질문이 어쩌다 이 일을 하게 되었느냐는 것이다. 어렸을 때부터 침팬지 인형을 들고 다녔다는 제인 구달처럼 나도 어렸을 적부터 유달리 뼈에 관심이 많았다고 하면 좋으련만 뼈에는 아무런 관심이 없었을뿐더러 당시에는 이런 직업이 있는 줄도 몰랐다. 나는 그저 미술사라는 학문이 멋있어 보여서 대학교에 진학할 때 고고미술사학과에 지원했다. 그런데 막상 미술사 수업을 들어보니 나의 예상과 많이 달랐다. 서양미술사나 동양미술사처럼 그림과 조각을 통해 역사의 흐름을 배우는 건 아주 재미있었다. 파워포인트로 수업을 하지 않던 시절이라 암막 커튼을 치고 프로젝터를 통해 스크린에 미술작품을 영사했는데 보면 볼수록 그 세계가 놀라웠다. 그리스에서 인도와 중국을 거쳐 한국까지 넘어왔다는 고대 불상을 보면서 마치 내가 그 당시에 살던 사람과 연결되는 듯한 느낌마저 들었다. 찰칵찰칵하며 다음 슬라이드로 넘어가는 소리, 프로젝터 불빛에 보이던 먼지, 가끔은 김컴한 교실에서 쏟아지던 잠. 잊을 수 없는 대학 생활의 기억이다.

하지만 그림을 분석하는 법을 배우는 수업은 견딜 수 없이 지루했다. 무슨 말인지 이해도 안 되고 과연 그 화가가 저런 생각을 하고 그렸을까 하는 의문이 풀리지 않았다. 도저히 안 되겠다 싶던 때에 전공필수였던 형질인류학이라는 과목을 듣게 되었다. 그런데 형질도 인류학도 무엇인지 모른 채 들었던 수업으로 인생의 방향이 정해질 줄이야. 수업 시간에 교수님이 두개골을 가지고 나타났다. 조선시대 유적에서 나온 두개골이라 했다. 사람 뼈를 처음 마주한 순간, 무섭고 꺼림칙하다는 학생이 대부분이었지만 나는 그게 너무나 신기했다. 내 몸속에 저런 게 있구나. 그림이나 사진으로는 뼈를 보았어도 직접 본 적은 없었기에 그건 첫 만남이나 마찬가지였다. 알고 보니 그 수업은 사람의 뼈와 몸(형질)을 통해 무엇이 사람을 사람이게 하는지(인류학)를 배우는 과목이었다. 교수님은 다른 부위의 뼈도 보여주었고, 그때부터 나는 뼈의 매력에 빠져들었다. 이제 와 생각하면 그렇게까지 신기해할 일인가 싶지만 그때는 그랬다.

수업 과제로 읽어야 할 책을 사러 갔을 때 마침 옆에 『최초의 인간 루시』라는 책이 있었다. 기독교 가정에서 모태 신앙으로 자란 나는 '이게 무슨 말이지? 최초의 인간은 아담과 이브인데'라고 생각하며 책을 집었다. 당시 내가 인류의 진화에 대해 아는 거라고는 고등학생 때 배운 크로마뇽인이나 네안데르탈인 정도였지, 생물진화의 과학적인 과정에 대해 아는 건 아무것도 없었다. 그런 내게 이 책은 아주 신선했고 재밌었다. 수백만 년 전 아프리카에 살았던 오스트랄로피테쿠스 아파렌시스라는 종의 뼈를 찾게 된 이야기부터 그 화석에 '루시'라는 이름이 붙게 된 뒷이야기, 루시를 둘러싼 학계의 치열한 의견 충돌, 함께 출토된 동물 뼈를 분석하는 과정, 화석이 출토된 지층의 연대를 측정하는 방법 등등. 이 책은 나에게 놀랍고 신비한 학문의 세계를 열어주었다.

그때부터 나는 생물인류학▪을 공부하겠노라는 일념으로 인류학과와 생물학과 강의를 듣기 시작했다. 당시 인류학과에는 생물인류학 정식 교수가 없었고 강사 한 분만 계셨다. 무작정 그분을 찾아가서 이런 공부가 하고 싶다며 도와달라고 했다. 의대 해부학과가 아니고서

▪ 과거에는 뼈나 신체 계측치 같은 영실만을 연구 자료로 썼는데(형질인류학), 이후로는 유전자처럼 눈에 보이지 않는 것까지 폭넓게 분석하면서 생물인류학으로 명칭이 바뀌었다.

야 뼈를 공부하는 사람이 전무하던 한국에서 미국 생물인류학 박사학위를 받고 돌아온 박순영 선생님은 나를 흔쾌히 받아주었다. 이 분야 수업이 없으니 원서를 주문해서 혼자 공부해보라며 인류학과에 있던 뼈 모형 하나를 빌려주시기도 했다. 끊임없이 쏟아지던 나의 질문을 받아주고 진로를 함께 고민해준 스승이 계셨기에 나는 대학 졸업과 동시에 유학을 떠날 수 있었다. 선생님 말씀을 빌리면 나는 '젖동냥'해서 키운 첫 제자였다. 당시에 강사였던 선생님은 훗날 교수가 되었고 어느덧 정년 퇴임을 하셨다. 지금은 제자도 수십 명이고, 덕분에 한국에서도 뼈를 전문으로 하는 사람이 꽤 많아졌다. 한 분의 선구적인 노력으로 우리나라에서도 생물인류학이 이만큼 커졌다. 난 스승 복이 많다.

큰 포부를 품고 2003년 9월에 나는 엄마, 아빠, 동생을 붙들고 펑펑 울며 인천국제공항에서 미국행 비행기에 올랐다. 처음으로 집을 떠나는 길이 그렇게 슬플 수가 없었다. 출국심사대에서도 여전히 울고 있는 나를 보던 공항 직원분이 좋은 일로 가는데 왜 우느냐고 웃으며 가라고 다독여주었다. 모르는 사람의 위로에 감동까지 받아 오히려 눈물이 더 났다. 그렇게 샌프란시스코에

도착했다. 그때부터 고된 유학 생활이 시작되었다. 미국
도 영어도 대학원도 모두 낯설었다. 대부분의 한국 유학
생이 공대나 상경대 쪽에 있었고 인류학과에는 백인 아닌
사람을 찾아보기 힘들었다. 한국에서 나름 공부 하나만
은 자신 있던 내가 처참히 부서졌다. 학문을 한다는 게 이
렇게 어려운 거구나. 박사학위를 받는다는 건 엄청난 일이
구나. 깨달음의 날들이 여러 해 계속되었고 마침내 나는
2005년에 석사학위, 2010년에 박사학위를 받았다. 다시
돌이켜봐도 참 힘들었던 시절이다.

　박사학위를 받을 즈음 남편이 하와이대학교 인류학
과 교수로 부임하면서 나도 하와이에서 직장을 구해야
했다. 그때만 해도 나는 박사학위를 받으면 교수직에 지
원하는 게 수순이라 생각했다. 그런데 마침 하와이에
있는 미국 국방부에서 뼈 전문가이면서 한국어도 잘하
는 사람을 찾는다는 이야기를 들었다. 그런 기관이 있
다는 사실도 몰랐고 솔직히 어떤 일을 하는 곳인지도
몰랐지만 직업이 필요해서 채용 공고를 살펴보았다. 다
른 건 내가 적격인 듯싶었는데 마지막 요건에 미국 국
적자여야 한다고 되어 있었다. 너무 아쉬워서 혹시나
하여 미국 국적은 없지만 다른 여러 가지는 내가 잘할

수 있을 것 같은데 지원해도 되겠느냐고 이메일을 보냈다. 별 기대를 하지 않았는데 놀랍게도 정규직 직원이 아닌 박사후연구원으로는 채용이 가능하다며 지원해보라는 회신이 왔다. 그렇게 난생처음 채용 면접을 보았고, 2010년 삼일절에 하와이 히컴공군기지에 있는 미국 국방부 전쟁포로 및 실종자 확인 기관*에 첫 출근을 했다.

난 내가 공무원이, 그것도 미국 국방부 공무원이 되리라고는 생각해본 적도 없었고, 사람 뼈로 신원을 확인하는 일을 업으로 삼게 될 줄도 몰랐다. 직장이 필요해서 일단 취직은 했지만 언젠가 대학교수가 되면 좋겠다고 생각했다. 하지만 일이 하면 할수록 내게 잘 맞았다. 대학에서 배운 지식으로 신원 미상이었던 사람의 뼈를 가족의 품으로 돌려보내는 일을 한다는 게 보람되었다. 뼈를 보면서 행정 업무도 병행하는 것이 흥미로웠다. 나의 커리어를 생각할 틈도 없이 매일 주어진 업무에 최선을 다했다. 눈 뜨면 출근하는 게 즐거운 날들이 계속되다 보니 어느덧 15년째 직장 생활을 하고 있다.

■ Defense Prisoner of War/Missing In Action Accounting Agency(DPAA).

몇 년 전에 매니저로 승진한 후부터는 뼈와 점점 멀어져, 요즘은 직장 내 갈등을 중재하고 직원을 채용하며 예산과 업무 방향을 짜는 일을 주로 한다.

일의 종류는 달라졌지만 여전히 나는 유해를 찾아 집에 보내드리는 일을 한다. 업무를 하다 보면 콧잔등이 찡하도록 감동적인 사연도 많이 접한다. 그 누구도 수십 년 전에 집을 떠나 전쟁터로 향한 이가 아직까지 집으로 못 돌아가고 하와이 연구실에 있으리라 상상하지는 못했을 테니 말이다. 하지만 내 일터도 수백 명이 함께 일하는 직장이기에 여느 조직처럼 다양한 갈등이 있다. 일의 목표가 고귀하다고 해서 일상도 우아한 것은 아니다. 이 책을 통해 다소 생소할 수 있는, 뼈를 찾으러 다니고 분석하는 이야기부터 한국인 여자로 미국 국방부에서 군인들과 함께 일하는 경험, 아이 둘을 키우는 워킹 맘으로 헐떡거리며 사는 모습까지 나의 정체성에 관한 이야기들을 나누려 한다.

몇 년 전에 아버지께서 나더러 기회가 되면 미국 국방부에서 일하는 이야기를 써보는 것도 좋겠다고 하셨다. 미국에 있는 한국인 교수니 의사, 사업가의 이야기는 많이 알려진 편이지만, 미국 공무원으로 살아가는 한국인의 이야기는 흔치 않다는 이유에서였다. 애통하게도 재작년에 아버지가 일흔의 나이로 갑자기 세상을 떠나셨다. 아버지와 각별했던 나는 그 충격으로 인생의 갈피를 못 잡고 헤맸다. 그러던 중에 이 책을 쓸 기회가 주어졌다. 비록 아버지께서 이 책을 보지는 못하셨지만 하늘나라에서 흐뭇하게 웃고 계실 거라 믿는다.

2024년 2월
진주현

차 례

□ 일러두기

1. 외국 인명·지명·녹음 등은 외래어표기법을 따르되 관용적인 표기와 동떨어진
   경우 절충하여 실용적 표기를 따랐다.
2. 책명은 『 』, 영화·노래명 등은 〈 〉로 묶었다.

나의 초짜 시절
— 첫 10년

처음 취직을 하고 정확히 무슨 일을 해야 하는 건지 우왕좌왕했다. 다들 자기 일 하느라 바쁜지 누구도 나를 따뜻하게 반겨주지 않았다(생각해보면 나도 신입 직원을 따뜻하게 맞아준 적이 별로 없는 것 같다. 일부러 그러는 건 아니고 나도 어색해서 어찌해야 할지 모르겠다. 반성한다). 처음 해보는 직장 생활도, 군인과 함께 일하는 것도, 하와이라는 곳도 모두 낯설었다. 일단 연구실에서 지켜야 하는 규율을 세세히 담은 SOP▪를 숙지했는지 시험을 봤다. SOP가 뭔지도 잘 모르면서 시험을 봐야 하니 시험

▪ Standard Operating Procedure, 표준운영절차.

이라면 자신 있던 나도 약간 떨렸다. 알고 보니 떨린 게 민망할 정도로 굉장히 쉬운 시험이었다.

매일 출근을 하는데 막상 가면 누구도 나에게 업무를 주지 않았다. SOP 테스트를 통과하고 뼈에 대해 얼마나 아는지에 대한 시험도 통과해야 본격적으로 유해 분석을 할 수 있다고 들었다. 그래서 당시 유해 분석을 총괄하던 매니저를 찾아갔다. 그는 내가 사무실에 들어갔는데도 쳐다보지 않은 채 계속 컴퓨터 키보드를 두들기면서 무슨 일이냐고 물었다. 나도 뼈 시험을 보게 해달라고 했더니 여전히 눈길 한번 주지 않고 퉁명스럽게 답했다. "네가 뼈에 대해 뭘 알아?" 예상치 못한 답이라서 매우 당황했다. 내가 아무 말도 안 하고 서 있으니까 그제야 고개를 들어 나를 쳐다봤다. "네가 뭘 아는지를 나한테 말하면 시험을 보게 해줄지 생각해볼게." 그는 다시 시선을 돌려 키보드를 두들기기 시작했다.

직장이 이런 거구나. 드라마에서 보던 게 진짜구나. 이렇게 무례한 사람이 있구나. 소심하게 "오케이"라고 한마디 남기고 일단 퇴근을 했다. 그런데 생각할수록 너무나 분했다. 난 왜 거기서 다른 말을 못 했을까. 바보같이 왜 그런 소리를 듣고 가만 있었을까. 아마 모든 게 낯설었고 그런 무례함은 겪어본 적이 없어서 그랬겠지만 그때는 분한 마음에 눈물이 쏟아졌다. 다음 날 그의 사무실로 들어가서 다짜고짜 물었다. "어제 나더러 뼈에 대해 뭘 아느냐고 물었지요? 그러는 당신은 나에 대해 뭘 알고 그런 말을 합니까?" 그날도 키보드만 두들기던 그가 갑자기 하던 일을 멈추고 나를 바라보았다. 조용하고 고분고분한 동양 여자인 줄 알았는데 갑자기 그렇게 반문을 하니 놀란 기색이 역력했다. 그때부터 대화다운 대화가 시작되었고 이튿날 나는 뼈 시험을 보았다. 매니저한테 대차게 대들어서 겨우 보게 된 시험인데 이거 떨어지면 망신은 물론이고 바로 쫓겨날지도 모른다는 생각에 초긴장 상태에서 시험을 치렀다. 뼈로 사망 당시의 나이, 키, 성별을 추정하는 법, 뼈가 부러진 모양을 보고 외상인지 발굴 과정에서 부러진 건지를 구분하는 법, 사람 뼈와 동물 뼈 감별법 등에 대한 답을 차분히 적어 내려갔다.

초조하게 채점 결과를 기다리는데 매니저가 팔랑팔랑 답안지를 흔들며 내 자리에 와서는 "틀렸다! 골반뼈로 성별 구분도 못해서야 되겠니" 하면서 답안지를 내밀었다. 뭐가 틀렸느냐고 물었더니 여차저차 여성인데 남성이라고 썼다며 마치 나의 결점이라도 잡은 양 으스 댔다. "저도 여성이라고 썼는데요." 그는 다시 답안지를 보더니 자기가 잘못 봤음에도 머쓱해하지 않았다. 그렇게 나는 취직한 지 반년이 지나서야 시험을 통과하고 유해감식보고서를 쓸 수 있게 되었다. 남들은 취직한지 두 달이면 통과하는 시험을 볼 수조차 없게 만들어서 남들보다 뒤처지게 되었다는 게 억울했지만 시험을 기다리는 기간에 사람 뼈로 신원을 확인하는 법에 대해 많은 공부를 할 수 있었다(이 매니저와는 지금도 같이 일한다. 알고 보니 누구에게나 똑같이 무례하다. 하지만 이 사람의 장점은 무례함을 받아치면 자신의 무례함을 깨닫고 인정한다는 것이다. 장점 맞겠지?).

유해 감식은 어렵지 않았다. 나는 고고학 유적에서 나오는 동물 뼈 분석에 익숙했는데 사람도 결국 척추 동물이어서 뼈 자체는 크게 다를 게 없었다. 하지만 뼈로 인종 구분하는 건 생소했다. 기초부터 차근차근 배웠다. 모르면 동료들에게 물었다. 내가 이런 것도 모른다는 걸 알면 나를 무시하지 않을까 하는 불안감도 있었지만, 정말 몰랐기 때문에 무시해도 어쩔 수 없었고 모르는 걸 인정하고 배우지 않으면 계속해서 모를 테니까 다른 선택의 여지가 없었다. 나보다 인종 구분을 잘한다는 게 꼭 나보다 다른 면에서도 실력이 뛰어나다는 건 아니었으니까.

점차 새로운 직장에 익숙해질 무렵, 나에게 한국전 유해를 전담하는 프로젝트를 운영해보지 않겠느냐는 보스의 제안이 들어왔다. 보스도 나처럼 동물 뼈 분석으로 박사학위를 받은 분인데 한국전 유해는 여러 사람이 뒤섞여 있는 경우가 많아 동물 뼈 분석과 같은 프레임으로 분석을 하는 게 효율적일 거라 했다. 당시에는 그게 무슨 소리인지도 정확히 모른 채 무조건 하겠다고 했다. 법의인류학 전공자가 아니라고 은근히 깔보는 사람들과 일하느라 스트레스를 받고 있었는데, 나도 잘 모르던 나의 강점을 알아봐준 것만으로도 너무 고마웠다. 잘해서 은혜에 보답하고 싶었다.

그때부터 10년간 나는 한국전 프로젝트 팀장으로 일을 했다. 처음 시작할 때만 해도 우리 연구실에서 프로젝트 개념은 생소했다. 유해가 들어오면 어느 전쟁 혹은 전투 유해인지 상관없이 업무를 분담해 분석했다. 그러다 보니 전문성이 떨어져서 베트남전도, 한국전도, 제2차 세계대전도 모두 겉핥기식으로만 아는 사람이 많아졌다. 이렇게 하지 말고 특정 전쟁 혹은 전투만 담당하는 팀을 두는 게 어떨까 하는 논의가 진행되었고, 그 첫발을 내가 한국전 프로젝트로 디뎠다. 처음 시도해보는 프로젝트 모델의 팀장을 신입 직원이던 내가 맡은 것에 대해 뒷말이 많았다. 본부 건물에 한국전 유해를 다 놓을 자리가 없어서 차로 10분 거리에 있는 별관으로 옮겼더니, 좌천당했다는 등 역시 이름만 팀장이었다는 등 별소리를 다 들었다. 하지만 나는 새로 주어진 일이 너무 소중했기에 가십에 신경 쓸 겨를이 없었다. 좌천이어도 좋았고 힘 없는 팀장이어도 좋았다. 온전히 내가 맡아서 할 수 있는 프로젝트가 생겼다는 것만으로도 영광이었다.

내게 주어진 임무는 간단했다. 한국전에서 전사한 사람들의 유해를 분석해 좀 더 효율적으로 신원확인을 많이 할 수 있도록 업무 체계를 잡아보라는 것이었다. 이를 위해 보스가 나에게 직원 한 명을 붙여줬다. 석사학위를 받고 갓 취직한 직원과 나는 머리를 맞대고 정말 열심히 일했다. 수백 개의 상자를 열어 수천 점의 뼈를 정리하고, 그동안 이루어진 분석 결과를 정리하고, 어떻게 하면 좀 더 효율적으로 많은 유해의 신원을 확인할 수 있을까 고민했다. 한국전 유해의 경우 한 사람의 뼈가 여러 개의 상자에 나누어져 다른 사람의 뼈와 섞여 있는 경우가 많았다. 1990년대 초 북한에서 미군 유해라며 208개의 상자를 돌려줬는데 상자 하나에 여러 명의 뼈가 혼재되어 있었다. 한 사람의 유해가 많게는 열세 개의 상자에 나누어져 있기도 했다. 이런 혼재 유해를 어떻게 분석할지 매뉴얼을 만들었고 새로운 형식의 리포트를 작성했다. 밤늦게까지 일하는 것이 즐거웠고 아침에 눈을 뜨면 어서 출근하고 싶었다.

그리고 결과는 서서히 나타났다. 지지부진했던 한국전 실종 미군의 신원확인자 수가 빠르게 증가했다. 매년 잘해야 열 명 정도이던 수가 2016년에는 마흔일곱 명을 기록했다. 우리 기관에서는 1년에 150~200명의 신원을 확인했는데, 많을 때는 40퍼센트에 가까운 수가 한국전 프로젝트에서 나오기도 했다. 프로젝트가 성과를 올리면서 팀원도 늘어났다. 뼈에만 집중할 수 있었던 시간은 팀이 커지면서 점점 줄어들었다.

2018년은 한국전 프로젝트가 다시 한 발 도약하게 된 해였다. 트럼프 대통령과 김정은 위원장이 싱가포르에서 역사적인 회담을 한 결과 우리는 북한으로부터 유해가 든 쉰다섯 개의 상자를 받았다. 정치적, 사회적으로도 워낙 관심이 많았던 일이라 최대한 빨리 신원을 확인해야 했다. 같은 해 여름에 또 하나의 큰일이 있었다. 하와이 국립태평양기념묘지(일명 펀치볼국립묘지)에 남아 있는 652기의 한국전 무명용사의 묘를 일곱 단계로 나누어 모두 개장해서 신원을 확인해보겠다는 우리의 제안서가 통과된 것이다. 우리 빌딩이 꽤 크지만 한꺼번에 이 많은 유해를 받기 위해서는 여러 가지 준비가 필요했다. 미국 의회에서 한국전 프로젝트에 추가로 수억 원의 예산을 바로 배정해주기로 했다는 반가운 소식도 들렸다.

나의 올챙이 시절부터 나를 믿어준 보스의 호출이 있었다. 예산을 어떻게 쓰길 원하는지 물을 것 같아서 미리 준비를 했다. 예상대로 무엇이 더 필요한지 물었고 나는 더 많은 팀원과 더 큰 공간이 필요하다고 했다. 2015년에 우리 기관이 새로 지은 건물로 이사할 때 한국전 프로젝트팀도 5년 만에 별관에서 본부의 작은 연구실로 옮겨 와 있던 차였다. 나는 연구실 중앙에 있는 가장 넓은 공간으로 옮겨달라고 했다. 설마 그 요청을 들어줄 거라는 생각보다 협상이라는 건 일단 원하는 것보다 큰 걸 부른 후에 상대방과 조율하는 일이기에 과감히 요청했다. 그런데 보스는 딱 한마디로 대답했다. "오케이." 나는 흠칫했지만 침착하게 "땡큐"라고 응대했다. 사람은 몇 명이 더 필요하느냐고 묻기에 다섯 명이라고 답했다. 이것도 약간 많은 수를 부른 건데 역시 오케이였다. 다음 해에도 예산이 늘어 추가로 직원 채용이 이어졌다. 한국전 프로젝트 출범 8년 만에 우리는 팀원 열일곱 명의 가장 큰 프로젝트팀이 되었고 연구실도 정중앙의 가장 넓은 공간을 사용했다. 두 명이 별관에서 늦게까지 일하던 때에 비하면 격세지감이었다. 정신없던 그해 겨울에 둘째 아이가 태어났다. 여러모로 2018년은 특별한 해였다.

내가 한국전 프로젝트를 맡은 지 10년째 되던 2020년에는 1980년부터 이루어진 신원확인자 수의 75퍼센트가 내 손을 거쳐 나가게 되었다. 물론 나와 우리 팀이 열심히 일한 것도 컸지만, 문제를 제대로 파악한 보스의 혜안도 큰 몫을 했다. 유해는 많은데 일의 체계가 잡히지 않아서 우왕좌왕하는 게 문제라는 걸 파악했고, 그 문제를 해결하기 위해 한국전에 특화된 프로젝트라는 개념을 도입했다. 나에게 프로젝트를 맡기면서 보스는 필요한 게 있으면 언제든 이야기하라고 했다. 나는 곧이곧대로 여러 가지를 요구했고 보스는 웬만하면 내가 필요하다는 걸 다 주었다. 신기술의 도입만큼이나 일 처리 방식을 바꾸고 인사이동을 적절히 해주면서 직원들이 요청하는 것을 믿고 제공해주는 리더십이 일의 성과를 올리는 데 중요하다는 걸 몸소 체험했다(가끔 신입 직원에게 일을 시켜놓고 못 미더울 때마다 나의 올챙이 시절을 떠올린다. 그때 나를 믿고 맡겨준 보스처럼 나도 직원들을 믿어본다).

처음 일을 시작할 때는 한국전에서 실종된 미군이 8,100명이었는데 10년이 지나 그 숫자가 7,600명으로 줄어 있었다. 한 분 한 분 신원을 확인할 때마다 정말 뿌듯하고 기뻤다. 실종자 파일에 있는 그분들의 흑백사진을 뽑아 책상에 붙이기 시작했다. 사진이 한 장 두 장 늘어나 더 이상 내 책상 공간으로는 부족해졌다. 커다란 포스터로 만들어 수백 명의 흑백사진을 사무실 복도에 붙였다. 내 앞에 놓인 것은 뼛조각이었지만 그들 모두 한때는 살아 숨 쉬며 사진 속에서처럼 환하게 웃던 젊은 청년이었다. 6·25전쟁 중 이북에서 미군 배를 타고 피난 내려온 이의 손녀가 미국 국방부에 취직해

한반도에서 실종된 분들을 집에 돌려보내는 일을 하다니. 무명으로 내 앞에 놓여 있는 수많은 유해와 어디선가 그들을 기다리고 있을 가족들 그리고 나는 우주의 인연으로 맺어진 게 분명하다. 무얼 하는 기관인지도 잘 모른 채 하얀 반팔 블라우스에 남색 바지를 입고 보라색과 하늘색이 섞인 스카프를 두른 채 첫 출근을 했던 날이 기억난다. 일이 나를 한 뼘 성장시켰고, 나는 상상했던 것보다 훨씬 더 많은 것을 배우고 이루었다.

피난민의 증손녀

갓 취직했을 때만 해도 나는 6·25전쟁에 대해 아는 게 거의 없었다. 굳이 핑계를 대자면 내가 초등학교를 다니던 때는 '나는 공산당이 싫어요'라는 주제로 반공 포스터 그리기나 반공 글짓기 대회를 하던 시절이었고, 고등학교 때는 내가 치른 수능시험 범위에 한국 현대사가 포함되지 않았기 때문에 제대로 배울 일이 없었다. 그래서 6·25전쟁에 대해서는 북한의 갑작스러운 남침으로 시작되었다는 것과 부산까지 밀려 내려가 하마터면 전쟁에서 질 뻔했다는 것, 미국의 도움으로 압록강까지 밀고 올라갔다가 중공군의 개입으로 1·4후퇴를 하게 된 것, 이 정도 외에는 아무것도 몰랐다.

그런 내가 한국전 프로젝트를 맡아 처음 한 일이 우리 연구실에 있는 유해가 어디서 어떻게 들어왔는지를 정리한 것이다. 운산, 구장, 장진, 신흥리, 갈전리, 하갈우리, 벽동, 수안, 북진 다리골처럼 분명히 한국어는 맞는데 어디 있는 곳인지 알 수 없는 지명이 쏟아졌다. 그나마 청천강은 국사 시간에 살수대첩에서 배워 대략 위치는 기억났다. 남쪽 지역으로 내려온다고 상황이 크게 나아지지는 않았다. 서울에서 태어나 싱가포르와 독일에서 어린 시절을 보냈고 중고등학교, 대학교까지 다 서울에서 다닌 터라 서울 이외의 지역은 정확히 어디 있는지 몰랐다. 지리와 사회 시간에 열심히 외웠지만 실제로 가본 것과 외워서 기억하는 건 차이가 많았다. 미군 사상자가 많았던 전쟁 초기의 낙동강방어선전투를 보면 밀양, 마산, 상주, 왜관, 김천 같은 지명이 나오는데 대략 경상도 쪽이구나 하는 건 알아도 대구와 부산을 기점으로 정확히 어디에 있는지는 헷갈렸다.

나의 무지함을 깨닫고 6·25전쟁에 대해서 열심히 공부하기 시작했다. 책도 보고 다큐멘터리도 보면서 외워야 할 것들은 외워가며 조금씩 배경지식을 쌓았다. 지명은 대충 어디인지 감이라도 왔는데 군대용어는 아예 몰라서 그것도 공부를 해야 했다. 미 10군단이 어디로 이동했다는데 군단이 뭔지도 몰랐고 대대, 연대, 사단은 어떻게 다른지도 외워야 했다. 그러면서 전쟁 일지도 읽었고 실종자 개개인의 기록도 샅샅이 훑었다. 뼈만 분석하면 되는 줄 알고 취직했는데 역사, 지리, 군대 등 배워야 할 것이 많았다.

한국전은 흔히 미국인들에게 잊힌 전쟁이라 불리지만 많은 사람이 '초신전투'는 기억한다. 최악의 추위 속에서 미군 사상자가 많이 나온 치열한 전투였기 때문이다. 우리 연구실에 있던 유해의 상당수가 초신전투에서 전사한 이들의 유해를 북한이 미국에 돌려준 것이었다. 초신이 무얼까. 북진 다리골이라는 지명은 처음 들어보지만 한국말이 확실했는데 초신은 어쩐지 한국어 같지도 않았다. 동료들하고 이야기를 해보면 다들 한국전에 대해서는 잘 몰라도 초신전투는 알던데 그렇게 유명한 전투를 왜 나는 모를까. 알고 보니 초신은 장진長津의 일본식 발음이었다. 개마고원에 있는 장진호에서 벌어진, 치열했던 '장진호전투'를 가리키는 말이었다. 물론 장진호전투라고 내가 잘 알았던 건 아니지만 최소한 초신이 한국어가 아닌 것은 맞추었다며 뿌듯해했다.

장진호전투에서 후퇴하던 미군이 흥남부두를 통해 남쪽으로 철수하는 이야기를 읽다가 문득 나의 할아버지와 할머니가 생각났다. 나는 친가, 외가 조부모님의 고향이 평안북도이고 모두 서울에 정착하였기에 명절에도 서울을 벗어난 적이 없었다(줄 서서 귀성길 기차표를 사보는 게 어린 시절 로망이었다). 할머니 할아버지가 흥남철수작전 때 남쪽으로 피난 오셨다고 들었던 기억이 가물가물 떠올랐다. 하와이 사무실에서 할아버지에게 전화를 했다. 여든이 훨씬 넘은 할아버지에게 언제 고향을 떠나셨느냐 물었더니 1950년 12월 6일이라 했다. 나는 지난달에 내가 한 일도 기억을 잘 못하는데, 묻자마자 정확한 날짜까지 바로 나오는 게 이상했다. 어쩜 그렇게 옛날 일을 날짜까지 기억하시느냐 물었더니 할아버지가 웃으며 말씀하셨다. "이북에서 온 사람들한테 물어봐라. 집 떠난 날은 다 기억한다. 그게 내가 마지막으로 우리 부모님하고 둘째 형을 본 날이야."

그런데 할아버지는 왜 부모님과 형을 뒤로하고 피난을 떠난 걸까. 당시 중공군이 내려오고 있다는 소문이 돌았고 그들이 젊은 청년들을 징집할 우려가 있으니 일단 미군 따라 내려갔다가 안전해지면 돌아오라며 부모님이 젊은 아들의 등을 떠밀었다. 부모님을 두고 다 갈 수는 없으니 둘째 형이 남기로 했고 신혼이었던 할아버지와 할머니, 큰형과 형수, 이렇게 넷은 흥남부두로 향했다. 할아버지의 증언에 의하면 흥남부두는 아수라장이었다. 정말 많은 사람이 미군 배를 타려고 몰렸다(할아버지와 통화한 후 몇 년이 지나 영화 〈국제시장〉이 개봉했다. 시작 장면이 아수라장의 흥남부두다. 할아버지한테 그 영화를 보실 거냐고 물었더니 "내가 실제로 거기 있었는데 뭐 하러 보냐"고 하셨다). 할아버지가 역사의 산증인이라는 게 신기하기도 했지만 할아버지의 기억이 정말 정확한지 믿기 힘들었다. 할아버지한테 당시 올라탄 미군 배 이름을 물었더니 영어를 못하는 할아버지가 영어로 대답했다. "엘에스티였어." LST는 Landing Ship Tank의 줄임말로 제2차 세계대전부터 한국전까지 사용된 미군의 수송선이다. 실제로 흥남철수작전에 투입된 10여 개의 함정 중 절반이 LST였다.

할아버지 말로는 배 안에 사람이 너무 많아서 제대로 움직일 수조차 없었고, 너도나도 뱃멀미 때문에 꽤 고생을 했다고 한다. 그렇게 한 달 정도 걸려 전라남도 여수에서 내렸다. 자료를 찾아보니 1951년 1월 12일 여

수항에 피난민 3,600여 명을 태운 LST가 입항했다고 한다. 아무런 연고도 없는 곳에 봇짐 하나씩 달랑 메고 도착해서 고소동이라는 곳에 판잣집을 지었다. 동네 사람들이 나누어 준 쌀로 밥을 지었는데 수저가 없어서 쓰레기장을 뒤져 수저를 구했고, 닥치는 대로 막일하며 간신히 버텼다. 그해 가을에 허름한 피난민촌에서 첫아이가 태어났다. 나의 아버지다(나는 그때까지만 해도 아버지가 대구에서 태어난 줄 알았는데 여수에서 태어나 대구와 서울에서 자란 거였다). 이야기를 듣다가 할아버지에게 물었다. "할아버지는 어떻게 용감하게 고향을 등지고 그렇게 먼 곳까지 내려가실 생각을 했어요?" 이번에도 할아버지가 웃으셨다. "사흘 만에 돌아갈 거라고 해서 탔지. 그렇게 멀리 갈 줄 몰랐다." 전쟁을 겪어보지 않은 내게는 영화와 같은 이야기였다.

그때 이십대 청년이었던 할아버지는 어느덧 97세의 노인이 되었지만 여전히 정정하게 버스와 지하철을 타고 다니신다. 당시 할아버지와 비슷한 지역에 있던 비슷한 나이의 미군 수천 명은 장진호와 흥남에서 전사하여 지금까지 유해조차 수습되지 못했다. 그들의 청춘은 한반도에서 저물었고 미군 배로 무사히 피난을 내려온 나의 할아버지는 한국군에 징집되어 2년간 참전 용사로 싸운 후 지금까지 건강하고 풍족한 삶을 누리고 있다. 그리고 내 앞에는 그때 그곳에서 사라진 이름 모를 젊은 청년의 유해가 놓여 있다. 기묘한 인연이었다. 내가 할 수 있는 일은 최선을 다해 하루라도 빨리 유해의 신원을 확인해 집으로 보내드리는 것이었다.

먼 길 돌아가다

— 김동성 일병의 집에 가는 길

장진호전투에서 미군만 피해가 컸던 게 아니다. 미군에 배속된 한국군 카투사도 많은 사상자를 냈다. 카투사는 갑작스레 한국으로 파병된 미군이 낯선 한국의 지형과 문화, 언어 등에 적응할 수 있도록 지원하는 역할을 하기 위해 전쟁 중에 만들어진 한국군 보직이다. 내가 대학 다니던 때는 입대를 앞둔 선배들이 카투사 지원을 많이 했다. 최전방이 아닌 용산미군기지에서 근무가 가능하다는 이점이 있었고, 영어도 배우고 미군과 생활하면서 경험도 쌓기 위해서였다. 카투사는 6·25전쟁 때부터 전통을 이어오는 한국군이다.

요즘은 영어를 유창하게 구사하는 한국 청년도 많지

만 1950년에 그런 청년이 많았을 리 없다. 동네에서 똘똘하다는 청년들을 뽑아서 카투사라는 이름으로 미군과 함께 전장에 배치시켰다. 하와이대학교에서 알고 지내던 명예교수님도 그중 하나였다. 그는 전쟁 직전에 대구대학교 사범대학에 입학했지만 전쟁이 터지면서 카투사로 미군과 함께 평안도의 운산전투에 참전하게 되었다. 영어도 미국 사람도 낯설었던 그가 아직도 뚜렷하게 기억하는 게 있었다. 1950년 11월 말에 미군들이 추수감사절이라며 생전 처음 보는 '터키'라는 고기를 주었다고 한다. 그때만 해도 맥아더 장군이 올해 크리스마스는 모두 집에서 보낼 수 있을 거라 장담하던 때였다. 교수님은 그때 배운 영어로 전쟁 후에 미국인이 참여한 국제회의에 참석할 기회가 생겼고, 그 인연으로 유학길에 올라 미국 대학교에서 수십 년간 교편을 잡았다.

*

내가 한국전 프로젝트를 맡고 보니 우리가 가지고 있는 유해에 미군만 있는 것 같지 않았다. 특히 함경남도 장진호나 평안북도 운산처럼 미군 사상자가 많았던 지역에서 발견된 뼈 중에는 아시아계 유해가 꽤 있었다. 이들은 누구일까. 전쟁사를 살펴보니 미군에 배속된 카투사일 확률이 높았다. 그렇다면 이분들을 집으로 보내드리는 것 역시 내가 할 일이었다.

취직한 지 1년 정도 지난 2011년, 한국 국방부 산하에 국방부유해발굴감식단(이하 국유단)이라는 기관이 생긴 지 얼마 되지 않았을 때였다. 한국으로 출장을 갔을 때 국유단 단장과 면담하는 자리에서 나의 상사가 하와이에 한국군 유해가 있는 것 같다는 말을 전했다. 근래에는 국군 유해 송환을 여러 차례 했고 심지어 현직 대통령이 하와이에 와서 직접 유해를 모시고 가기도 했기에 많은 사람에게 익숙하지만, 당시에는 모두에게 생소한 내용이었다. 한국군이라는 확실한 증거가 필요했고 누가 어떤 식으로 유해를 옮길지도 감이 안 잡혔다. 이때 강력한 추진력을 발휘한 분이 국유단 초대 단장인 박신한 대령이었다. 맨땅에 헤딩해야 하는 상황에서 그는 한국군이 미국에 있다면 무조건 모셔 오는 게 맞다며 미국과 회의할 때도 전혀 밀리지 않고 분명히 한국 측의 의지를 전달하며 적극적인 협조를 부탁했다. 그는 한국 국방부 관계자들의 협조를 구했으며 심지어 청와

대에 연락해 국군 전사자 유해는 대통령이 나와서 맞이해야 하는 중요한 사안이라고 밀어붙였다. 한발 떨어져 지켜보던 우리는 이게 과연 성사가 될까 싶었는데, 지성이면 감천이라고 2012년 5월에 처음으로 북한 지역에서 전사한 국군 유해가 하와이에서 한국으로 송환되었다.

그때 나는 첫아이의 출산을 앞두고 있었다. 마침 부모님이 산후조리차 와 계셔서 아버지와 함께 역사적인 첫 유해 송환식을 지켜보았다. 미국 하와이 히컴공군기지에 태극기가 성조기와 나란히 걸렸고 직접 유해를 모시고 가기 위해 한국에서 먼 길을 날아온 대한민국 공군 수송기가 유해 받을 준비를 마쳤다. 애국가가 울려 퍼지는 순간은 정말 감동적이었다. 그렇게 역사상 처음으로 북한에서 하와이를 거쳐 한국으로 6·25전쟁 전사자의 유해가 돌아갔고, 한국 성남비행장에서 대통령이 유해를 맞이하러 나왔다.

그 이후로도 유해 분석을 진행할 때마다 계속해서 한국군 유해가 나왔다. 국군 유해 송환에 대한 사회적 인식이 높아지면서 한국 정부에서 좀 더 적극적으로 나섰고, 나는 많은 시간을 국군 유해 송환 작업을 위해 보냈다. 비록 미군은 아니었지만 함께 싸우다 전사한 분들이었기에 우리가 마땅히 해야 할 일이었다. 한국군 송환 과정은 생각보다 복잡하다. 우선 우리가 유전자 검사 결과를 토대로 다양한 분석을 한 후 한국군 추정 유해를 몇 구 정도 함께 감식하자고 제안하면, 국유단에서 감식관들이 우리 연구실로 와서 함께 뼈를 본다. 어디서 발견된 유해인지, 한국군 추정 근거가 설득력이 있는지 등을 함께 검토하는 공동 감식을 진행하고, 필요한 경우 한국 측에 추가 DNA 샘플을 넘긴다. 국유단에서 추가로 진행한 유전자 검사 결과가 나오면 모든 사안을 종합해 최종 몇 구를 송환할지 합의한다.

그 후에 본격적인 송환 행사 준비가 이루어지는데 그 과정 역시 만만치가 않다. 한미 양국이 함께하는 행사여서 날짜와 장소 잡는 것부터 참석 인원, 행사 규모, 행사장 세팅, 식순 정하는 모든 과정에 많은 노력이 따른다. 한미 모두 처음 해보았던 2012년과 달리 이후 행사들은 규모가 점점 커지면서 그만큼 준비에 들어가는 시간과 노력도 늘어났다. 2020년에 치른 네 번째 유해 송환 행사는 규모가 굉장히 컸다. 총 147구나 되는 한국군 유해를 송환했기 때문이다. 그 많은 수의 유해를 분석해서 한국군임을 확인하는 데에만 아홉 달이 걸렸고 송환식 준비에도 여러 달이 필요했다. 유해를 송환할 때는 여러 사람의 뼈를 한데 섞지 않으므로 147개의 유해 함이 필요했고 그걸 한국으로 옮길 수 있는 크기의 비행기도 필요했다. 오랜 준비 끝에 드디어 2020년 6월 23일에 송환 행사가 열렸다. 워낙 많은 수의 유해가 돌아가다 보니 한국 언론도 관심이 많았다. 그중 일흔일곱 구는 2018년 여름에 내가 직접 북한에서 가져온 유해들이어서 더욱 가슴이 찡했다.

이 모든 과정에서 유해 감식보다 힘든 건 내가 한국인이 아니었다면 하지 않아도 될 일들까지 자연스레 맡게 된다는 점이었다. 한국 국방부, 미국 국방부, 한국 외교부, 유엔사, 우리 기관, 하와이 히컴공군기지 등등. 수많은 부서가 얽혀 있는 일들이라 무엇 하나 쉽게 진행되지 않을뿐더러 무엇 하나라도 삐끗하면 전체가 어긋나기 때문에 모든 부서 간의 조율이 필수적이다. 그러나 이게 말처럼 쉽지가 않다. 언어와 문화의 차이 때문에 한국 측에서 으레 나에게 질문하는 것들이 많았다. 그 마음을 충분히 이해하면서도 가끔은 송환 행사가 너무나 벅찼다. 유해를 힘에 남고 태극기로 관을 덮을 때 몇 명이 몇 시간 동안 필요한지도 계산을 해서 미리 업무 지시를 내려야 했고 때로는 미국 측 추도사 번역도 해야 했다. 한국에서 미리 도착한 행사 준비팀과 실무 조율을 하다 보면 어느새 행사 날이 가까워져 한국에서 높은 분들이 도착했다. 그러면 또 그분들과의 회의에 들어가 브리핑을 하고 틈틈이 함께 온 언론사와의 인터뷰도 진행했다. SBS 다큐멘터리 촬영팀은 우리 집까지 와서 내가 출근하는 모습부터 찍었다. 처음으로 운전하면서 인터뷰를 해보았다. 아이들은 집 앞까지 엄마를 찍으러 온 걸 신기해했고 동네 주민들은 방송국 피디를 우리 집까지 데려다준 덩치 좋은 미군이 내 보디가드냐고 물었다.

예상치 못한 상황들도 많았다. 한번은 행사 전날 밤에 한국 측 통역장교에게 다급한 메시지가 왔다. 내일 행사에서 미국 측 대표인 별 넷의 인도태평양사령관이 읽을 추도사를 리뷰하는데 동해가 일본해로 표기되어 있다고 했다. 뜨아! 한일 관계의 민감성을 잘 모르는 미국인이 쓴 추도사가 분명했다. 한미동맹의 정점인 행사에서 미국 대표가 동해를 일본해라고 할 수는 없었다. 우리는 다급하게 인도태평양사령부 외교보좌관 등에게 이메일을 보내고 한국 외교부에도 협조를 구했다. 다행히 행사

전에 추도사 변경 내용이 전달되어 동해를 일본해라 하지 않고 잘 넘어갔다.

*

2020년에 한국으로 돌아간 유해 147구 중 일곱 구는 송환 이전에 신원이 확인되었고, 그중 한 분이 어린아이들과 아내를 뒤로하고 참전해 소식이 끊긴 김동성 일병이었다. 그는 치열했던 장진호전투에서 목숨을 잃었다. 보통 전사자 개개인이 어떤 사연을 갖고 있는지는 알 수가 없는데, 송환식을 사흘 앞두고 내 블로그에 이런 댓글이 달렸다.

"안녕하십니까. 김동성 일병의 손자 김덕환입니다. 어릴 때 할머니와 아버지 손잡고 이산가족 찾기에 따라간 기억도 납니다. 그때도 못 찾아서 많이들 슬퍼하셨습니다. 할아버지를 대한민국과 저희 가족의 품으로 돌아오게 해주셔서 감사합니다. 저희 아버님과 작은아버님께서 감격해 많이 울고 계십니다. 두 분 살아 계실 때 할아버지의 유해리도 찾게 해주셔서 진심으로 감사합니다. 벌써 제 나이도 내년에 쉰입니다. 정말 수고 많이 하셨습니다. 저도 송환식에 참석합니다. 다시 한번 진심으로 감사드립니다."

1년이 넘는 준비 과정에서 겪었던 모든 마음고생이 한 번에 날아갔다. 나는 주어진 일을 했을 뿐인데 누군가에게 이런 커다란 감사 인사를 받다니 황송했다. 행사가 잘 끝나고 유해를 실은 비행기가 떠났다. 나는 한참 동안 행사장을 떠나지 못했고 커다란 격납고에 혼자서 있었다. 2012년의 작지만 벅찼던 첫 번째 유해 송환 행사가 이렇게 커진 것도, 전쟁의 폐허 더미에서 미국의 원조를 받던 한국이 직접 대한민국 공군 1호기를 보내 태극기로 고이 관포된 147개의 함을 147개의 비행기 좌석에 싣고 떠난 것도, 한국에서 대통령과 유족들이 이분들을 맞이할 준비를 하고 있다는 것도 모두 감격스러웠다. 수십 명의 노력이 들어가는 일에 나도 조금은 힘을 보탤 수 있었다는 것이 정말 감사했다(황송하게 이 일로 한국 정부로부터 대통령 표창을 받았다. 대통령도 명함이 있다는 걸 그때 처음 알았다).

송환식이 끝나고 김동성 일병의 손자분은 할아버지 고향에 다녀왔다고 하면서, 할아버지의 유해를 찾았다는 전화를 처음 받았던 이야기를 들려주었다. 하루는 국유단이라는 곳에서 전화가 왔다. 함경남도에서 김동성 일병의 유해를 찾았는데 아들과 연락이 닿지 않아 손자에게 전화를 했다며, 아들의 연락처를 알려달라고 했다. 손자분은 도저히 있을 수 없는 일이라, 없는 유해를 국내로 가져다주겠다며 돈을 요구하는 보이스 피싱으로 생각해 전화를 끊었다. 바로 부모님에게 연락해 이런저런 전화가 가면 보이스 피싱이니까 절대 돈 이야기를 하지 말라 당부했다. 국유단에도 전화해 기관을 사칭해서 보이스 피싱을 한다고 알렸는데 그쪽에서 사기 전화가 아니라 진짜임을 확인해주었다고 했다.

김동성 일병의 두 아들은 아버지가 전사한 후 경제적으로, 정신적으로 매우 힘든 생활을 했으나 어머니의 억척스러움 덕에 힘든 형편에도 고등학교까지 졸업했다. 경찰과 은행원이 되어 자식들에게는 안정된 삶을 물려주었다. 비록 아버지가 살아 돌아오지는 못했지만 이제는 같은 대한민국에 있다는 것만으로도 70년간 아버지 없이 지낸 설움과 고통의 시간을 조금이나마 지워버릴 수 있게 되었다. "이렇게 믿을 수도 없고 상상할 수도 없는 기적 같은 일을 지희에게 선물해주신 겁니다." 2023년 겨울, 서울 전쟁기념관에서 장진호전투 73주년 기념식이 열렸다. 김동성 일병의 증손자 김하랑 공군 병장이 국기에 대한 맹세를 낭독했다.

손자분의 이메일을 가끔씩 열어본다. 나의 조부모님이 이북에서 미군 배에 올라 피난 내려와 고생하며 자식들을 키운 것처럼, 김동성 일병의 아내분도 힘들게 자식들을 길렀다. 그 덕에 손자분도 나도 풍족하지는 않았으나 크게 모자라지도 않았던 전쟁 후의 대한민국에서 태어나고 자랐다. 김동성 일병과 함께 송환된 유해에서 신원이 확인된 또 한 분의 여동생은 과거에 오빠의 전사 소식을 듣던 순간 엄마의 머리에 꽂혀 있던 비녀에 햇빛이 반짝이던 장면이 그렇게 안쓰러웠다고 한다. 여든다섯의 할머니가 되어서도 그 장면이 여전히 생생하게 떠오른다고.

그동안 300여 구의 한국군 유해가 하와이에서 한국으로 송환되었다. 그중에 스무 명 정도의 신원이 확인됐다. 김동성, 최임락, 박진호, 김석주, 정환조, 윤경혁, 정준원. 비록 나와는 세상을 뜬 지 60년이 훌쩍 넘어 유해로 마주하게 된 분들이지만 그 인연 또한 특별하다. 한때 누군가의 아들, 아버지, 남편이었던 분들이 늦게나마 집으로 돌아갈 수 있어 다행이다.

가족의 죽음이 가져다주는 고통은 당해보지 않으면 헤아리기 힘들다. 나도 작년에 갑작스레 아버지가 돌아가시고 깨달았다. 사랑하는 가족을 떠나보낸 사람의 고통이 이런 거구나. 살아 숨 쉬는 것마저 고통스럽구나. 남은 이들은 어쩔 수 없이 그 아픔을 안고 살아간다. 어떻게도 완전히 치유할 수 없는 상실의 아픔이지만 내가 하는 일이 누군가의 상처를 조금이나마 보듬어주는 일이길 바란다. 이미 오랜 시간이 지나 이제는 기다리는 가족조차 없는 유해도 많다. 그럼에도 우리는 돌아가신 그분들을 생각하며 열심히 일한다. 이 세상에 그들을 기억하는 사람이 더는 없다고 해도 유해를 찾고 감식하는 우리의 일은 계속될 것이다.

엄마의 편지

—K상병의 집에 가는 길

K상병은 추위에 익숙했다. 옐로스톤국립공원으로 잘 알려진 미국 와이오밍주 출신인 그에게 영하의 강추위는 새롭지 않았다. 하지만 한반도의 지붕이라 불리는 해발 1천 미터가 넘는 개마고원의 추위도 만만치 않았다. 영하 30도의 날들이 지속되었고 밤이 되어도 몸을 녹일 집으로 돌아갈 수가 없었다. 미군이 유엔군의 일원으로 6·25전쟁에 참전한 지 반년도 안 된 1950년 12월. 제대로 된 겨울 전투복도 없었고 아무리 군복을 겹쳐 입어도 살을 에는 듯한 추위는 견디기가 힘들었다. 손이 얼어서 총을 잡기 힘들었고 총도 얼어서 오작동이 되었으며 수액마저 얼어서 부상병들을 치료하기도 힘들었다.

손발에 동상을 입어 물집이 올라오고 진물이 났다. 군용 차량의 배터리도 강추위에 제대로 작동하지 않았고 심지어 종군 사진기자들의 사진기 셔터도 얼어붙었다(이때 끝까지 얼지 않고 버틴 게 '라이카 F'라고 한다). 옆에 있던 한국군 카투사와 몸짓으로 대화했다. 말은 잘 통하지 않았어도 함께 고통과 두려움의 시간을 견디고 있기에 전우애가 느껴졌다.

여섯 형제의 막내였던 K상병은 형의 뒤를 이어 군인이 되기로 마음먹었고, 1950년 2월에 미 육군에 자원입대했다. 제2차 세계대전이 끝난 지 5년 된 시점이었고, 심지어 미국 정부도 한국이라는 동양의 작은 나라에서 전쟁이 날 거라고는 예상치 못했다. 미 육군 7사단에 배치되었던 그와 그의 형은 6·25전쟁이 터지자마자 전쟁에 투입되었다. 북한군이 단번에 부산까지 밀고 내려가는 바람에 하마터면 북한의 승리로 끝날 뻔했던 전쟁이 맥아더 장군의 인천상륙작전으로 기세가 전환되면서 미 7사단은 제31연대전투단의 일원으로 태백산맥 동쪽인 함경도 지역을 따라 중국 쪽으로 밀고 올라갔다.

그들은 일제강점기에 만들어진 개마고원의 커다란 인공 호수인 장진호 동쪽에 이르렀고, 이미 장진호 서쪽에서 중국군에게 밀려 고전하던 미 해병대를 지원하는 임무를 맡았다. 순식간에 장진호 동쪽에도 중국군이 물밀듯이 들어왔다. 당시 지휘관은 이렇게 말했다. "우리는 굳이 어느 쪽으로 총을 겨누어야 할지 생각할 필요가 없었다. 사방에서 적군이 몰려왔기 때문이다." 장진호전투는 유엔군 3만 명이 중국군 12만 명과 싸운, 치열했던 전투였다. 1만 7천 명의 사상자를 낸 잔인한 전투가 한창이던 1950년 12월 6일에 K상병은 실종되었다(공교롭게도 그날은 나의 조부모님이 흥남부두를 향해 집을 떠난 날이기도 하다).

미군은 바로 K상병의 부모에게 아들의 실종을 알리는 전보를 보냈다. 부모는 집안의 귀여움을 독차지하던 막내아들이 실종되었다니 애가 탔다. 당장 찾으러 가고 싶어도 갈 수 없었다. 아들이 전장에서 보내온 편지 몇 통을 읽고 또 읽으며 아들이 어딘가에 살아 있다는 소식이 들려오길 간절하게 바랐다. 하지만 전쟁은 계속되었고 아들 소식은 없었다. 1952년 11월에 아들의 물품인 벨트 두 개와 안경이 집으로 배달되었다. 막내의 흔적이 이것뿐이라니 마음이 다시 한번 찢어졌다. 아들이 실종된 지 2년 반이 지난 1953년 7월 27일에 휴전이 되었고 전쟁포로들이 돌아왔지만 그중에도 아들은 없었다.

1953년 12월 31일에 군대에서 편지가 왔다. 아들의 행방이 확인되지 않았으나 여러 가지 정황상 전사자로 간주해 더 이상 월급이 지급되지 않을 것이며 관련 서류들이 갱신될 것이라 했다.

다행히 함께 참전했던 큰아들은 살아 돌아왔지만 가족들의 마음 한구석은 늘 무거웠다. 180센티미터가 넘는 훤칠했던 막내의 빈자리가 컸다. 비통함을 안고 살아가던 가족에게 1955년에 군대에서 또 한 통의 편지가 왔다. 비록 K상병의 시신을 찾지는 못했지만 만약 나중에라도 찾게 될 때를 대비해서 K상병의 신체적 특징이나 치과 치료 기록 등이 있으면 미리 보내달라는 요청이었다. 엄마는 즉시 아들이 다니던 동네 치과에 전화를 했다. 안타깝게도 아들은 치아가 건강해서 아무런 치료 기록이 없었다. 그런데 곰곰이 생각해보니 몇 가지가 떠올랐다. 엄마는 담담한 투로 회신을 했다. "저희 아들은 치과 검진만 받았지 치료를 받은 적이 없어서 도움이 될 만한 기록이 없습니다. 하지만 뼈에 흔적이 남을 만한 부상을 당한 적이 있습니다. 아들은 다섯 살에 아래팔뼈가 부러진 적이 있습니다. 한번은 아들이 높은 곳에서 떨어져 날카로운 물건에 부딪치는 바람에 허리뼈를 다쳤고, 이후로 허리 쪽에 뼈가 살짝 튀어나와 있었습니다. 그때가 아마 열다섯 살 정도였던 걸로 기억합니다." 군대에서는 바로 회신이 왔다. 보내준 편지를 잘 받았으며 K상병의 기록으로 잘 보관해두겠다는 내용이었다. 그걸 끝으로 더 이상 군대에서는 연락이 없었다. 가족은 막내를 위한 추모식을 열고 빈 무덤이지만 아들의 자리를 마련했다. 어디선가 세상을 떴을 아들에게 묘지라도 만들어주고 싶어서였다.

그리고 50년이 흘렀다. 함께 참전해서 동생을 지키지 못하고 본인만 살아 돌아왔다는 죄책감을 안고 살아온 형에게 육군에서 전화가 한 통 왔다. 한국전 실종자 유해를 찾는 작업을 계속하고 있는데 유족의 유전자 샘플이 필요하다는 것이었다. 이렇게라도 동생을 찾을 수 있지 않을까 싶어 형은 지체 없이 유전자 샘플을 보냈다. 하지만 소식은 없었고, 형은 2010년에 여든의 나이로 세상을 떴다.

*

K상병의 형이 세상을 뜬 해에 나는 한국전 프로젝트

를 시작했다. 한국전에서 실종된 미군 유해가 여러 경로를 통해 우리 연구실에 지속적으로 들어왔다. 북한에서 유해 송환을 받기도 했고 한국에서 발굴을 하다 미군 유해가 나오기도 했고 가끔 한국에서 누군가가 주한미국대사관에 뼈를 넘기기도 했다. 또 하나의 중요한 경로는 하와이 국립태평양기념묘지에 안장된 한국전 무명용사 묘지를 개장하는 것이었다.

2017년에 하와이 국립태평양기념묘지에서 'X-15900'이라는 번호가 붙은 유해가 들어왔다. 6·25전쟁이 끝나고 1년 후인 1954년에 미국과 북한은 각자 가지고 있던 전사자의 시신을 교환했다. 북한 측은 X-15900을 돌려주면서 장진호에서 발견된 시신이라 했다. 유해는 60년이 넘는 세월 동안 관 속에 있어서 머리부터 발끝까지 잘 보존되어 있었다. 일단 뼈 하나하나를 조심스레 꺼내서 물로 잘 닦았다. 유해가 완전히 마를 때까지 이틀 정도 기다린 후 연구실에 준비해놓은 테이블로 옮겼다. 어떤 뼈가 있는지 모두 데이터베이스에 입력하면서 뼈의 크기와 보존 상태 혹은 특이 사항 등을 기록했다. 치아도 비교적 온전히 남아 있었는데 치과 치료의 흔적은 보이지 않았다. 정강이뼈에서 유전자 샘플을 떼어 델라

웨어주에 있는 미국 국방부 유전자연구실로 보냈다. 유전자분석이 이루어지는 동안 우리 연구실에서는 인류학 감식을 진행했다. 뼈의 성장판이 닫힌 정도와 좌우 골반뼈가 만나는 부위의 형태로 보아 사망 당시 나이가 열아홉에서 스물셋으로 추정되었다. 다리뼈의 길이를 재서 신장 추정 수학 공식에 넣었더니 키는 180센티미터 전후, 머리뼈의 형태에서는 백인으로 감식되었다. 키가 다른 실종 군인들에 비해 약간 큰 편이긴 했지만 한국전에서 실종된 대부분의 미군이 평균 키의 20세 전후 백인이었기 때문에 이것만 가지고는 누구인지 밝혀내기 어려웠다.

X-15900은 장진호 전사자로 되어 있었기에 한국전 실종자 모두와 비교할 필요는 없었다. 북한에서 준 정보여서 무조건 신뢰를 할 수는 없었으나 일단 장진호 실종자를 추렸더니 176명이었다. 그중에서 키와 나이, 인종이 맞지 않는 사람을 제했는데도 여전히 100명 아래로 좁혀지지는 않았다. 그래도 100명 중의 하나라면 한국전 실종자 7천여 명 중 하나인 것보다는 희망적이었다. 이제는 DNA 분석 결과를 기다리는 것밖에 없었다. 하와이 국립태평양기념묘지에 묻힌 유해들은 전쟁 후 하

와이로 이송되기 전에 포름알데히드로 방부처리를 했기에 유전자가 거의 다 없어졌다. 그래도 기술이 발달하면서 방부처리된 뼈에서도 절반의 확률로 미토콘드리아 DNA가 나오곤 했기에 기대를 걸 수 있었다.

마침 기다리던 유전자 결과가 나왔다. 다리뼈에서 나온 미토콘드리아 DNA 결과가 여든아홉 명의 한국전 실종자의 미토콘드리아 DNA와 일치했다. 적은 수는 아니었지만 DNA가 일치하는 사람 중에서 장진호 실종자 100명과 겹치는 사람이 있는지 확인을 해보았다. 가능성이 높은 열 명으로 좁혀졌다. 놓친 게 있나 싶어서 다시 인류학 감식 리포트를 꺼냈다. 그런데 리포트 끝 부분의 특이 사항에 적힌 내용이 눈에 들어왔다. "오른팔 손목 윗부분에 미세하게 뼈가 튀어나와 있는데 엑스레이를 찍어본 결과 아주 어렸을 때 골절이 생겼다가 회복된 흔적으로 보인다. 또한 5번 요추에도 미세한 골절의 흔적이 보인다. 이는 외상으로 허리를 다친 결과일 가능성이 높다." 중요한 정보였다.

실종자 열 명의 개인정보 파일을 하나씩 살펴보다가 K상병의 엄마가 보낸 편지를 보았다. 찾았다! 다섯 살 때 아래팔뼈가 부러졌고 열다섯 살 때 허리뼈에 부상을 입었다니 이거야말로 명백한 증거였다. 엄마의 손 편지를 읽어 내려가던 순간을 지금도 잊을 수가 없다. K상병의 엄마는 1955년에 이 편지를 쓰면서 무슨 생각을 했을까. 행여나 신원을 확인하는 데에 도움이 될 수 있지 않을까 하여 간절한 마음으로 써 내려간 편지 덕에 K상병은 집 떠난 지 68년 만에 고향으로 돌아가 그리던 부모와 형제들 옆에 묻혔다.

그의 신원이 확인되기까지 정말 많은 사람의 노력이 있었다. X-15900 유해는 신원확인 가능성이 있으니 묘지를 개장하자고 우리 기관 조사과의 역사학자들이 제안서를 냈고, 그걸 정책과에서 국방부 본부로 보내 승인을 받았다. 하와이 국립태평양기념묘지 관계자들과 개장 날짜를 조율해 예우를 갖추어 우리 연구실로 모시고 왔다. 유전자 검사 결과가 나올 확률이 가장 높은 뼈 부위를 잘 선택했고 절반의 확률로 유전자 결과가 나왔다. 우리 직원 중에 유달리 뼈를 잘 보는 인류학자가 세부 감식을 맡았고 매의 눈으로 미세한 골절의 흔적을 찾았다. K상병이 실종되었다는 소식을 부모에게 처음으로 전한 편지부터 1955년 엄마의 편지까지 실종자의 개인 기록을 모두 스캔해서 내가 컴퓨터로 클릭 몇 번만 하면

확인할 수 있게 되어 있는 미국 국방부의 시스템도 크게 한몫했다. 그동안 400명 넘는 사람이 내 손을 거쳐 신원이 확인되었는데 그중에서 유달리 기억에 남는 분들이 있다. K상병도 오래도록 잊지 못할 것이다.

북한에 다녀오다

2018년 6월 12일. 평소 같으면 이미 잠들었을 시간에 텔레비전을 켰다. 미국의 트럼프 대통령이 북한의 김정은 국무위원장을 싱가포르에서 만났다. 성조기와 인공기 앞에서 두 사람이 악수를 하다니 이것이 진정 현실인가 싶었다. 트럼프와 김정은은 미리 준비한 합의문에 서명을 했다. 악수를 나눈 후 트럼프가 서명문을 들어서 기자들에게 보였다. 멀리서는 아무 글자도 보이지 않았지만 기자들은 순식간에 사진을 확대해 서명문의 내용을 공유했다. 네 개의 조항이 있었는데 그중 마지막이 실종된 미군 유해를 돌려준다는 것이었다. 회담 당일 아침에 우리 기관장님이 나에게 여러 차례 전화를 했다. 보통 궁금한 점이 있으면 비서를 통해 연락이 오곤 했는데 이날은 직접 전화하시는 걸 보고 매우 급한 일인가 싶었다. 들리는 소문에 의하면 북미 회담에서 유해 관련 논의가 있을 거라 했기에 그것을 준비하는 데 필요한 정보이리라 생각했다. 비핵화와 나란히 최종 합의문에 올라갈 줄은 몰랐다.

회담만 보고 자려고 늘어져 있다가 깜짝 놀라 정신이 번쩍 들었다. 나의 보스에게 문자메시지가 왔다. "축하해! 지금부터 드라마틱하게 바빠질 거야!" 비핵화처럼 북한이 지킬 의지가 그다지 없어 보이는 사안과 달리 유해 송환은 북한도 당장 실행할 수 있는 인도적인 차원의 일이었다. 1973년에 미국이 베트남전에서 철수한 후 1995년에 베트남과 국교 정상화를 이루는 데 큰 몫을 한 것이 1980년대부터 두 나라가 함께했던 실종 미군 유해 수색 및 송환 작업이었다. 미국은 북한도 이런 길을 걷길 바란 것 같다. 물론 두 정상이 합의를 해도 그게 실제로 실행되려면 시간이 필요하다. 어떤 식으로 어떻게 유해가 송환될지 전혀 알려진 게 없었다.

일주일 정도 지난 어느 날 이른 아침, 아이의 등교 준비를 도우며 나 역시 출근 준비를 하고 있는데 전화가 왔다. 아침에 전화 오는 일은 드물었기에 무슨 일인가 싶었다. 화면에 보스의 번호가 떴다. 내가 전화를 받기도 전에 남편은 한국 가라는 전화일 거라고 했는데 그 말이 맞았다. 미국 국무부에서 주한미군과 한국에 있는 유엔사를 통해 실무협상의 배턴을 미국 국방부와 우리 기관에 넘긴다고 알려왔으니 우리 측 대표단으로 참석하라는 전화였다. 오늘 당장 출발할 수 있느냐고 했다.

부랴부랴 아이를 학교 보내고 출근해서 국방부 출장 포털에 접속했다. 몇 시간 후에 출발하는 비행기를 예약하고 숙소는 용산미군기지 내 드래곤힐호텔로 잡았다. 돌아오는 날은 미정이었지만 일단 한 달 후로 넣었다. 보통은 출장 승인 나는 데 며칠 걸리는데 이날은 단 2분 만에 승인이 완료되었다. 낮 12시에 비행기 출발이라 시간이 빠듯했다. 짐을 챙기기 위해 집으로 돌아왔더니 남편이 이미 트렁크를 꺼내어 내 세안 용품까지 챙겨두었다. 서울에는 친정이 있으니 짐을 대충 챙겨도 됐다. 꼭 필요한 것들만 챙겨서 공항으로 달렸다. 아침에 전화받고 다섯 시간 만에 비행기를 탔다. 비행기가 호놀룰루국제공항을 떠났다. 한숨 돌리려는데 속이 울렁거렸다. 서프라이즈로 찾아온 배 속의 둘째 인아 덕에 수시로 입덧을 하던 때였다. 첫째 리아 때는 전혀 하지 않았던 입덧이 너무 심해서 불과 몇 주 전에는 병원에 입원하여 수액을 맞기도 했다. 어차피 누워 있는다고 입덧이 덜해지지는 않으니 차라리 바쁜 게 낫지 싶었다.

서울에 도착해 한 달 넘게 치열하고 뜨거운 시간을 보냈다. 북한과 협상할 때는 일단 마음을 느긋하게 가져야 한다고 하더니 정말이었다. 장성급 회의와 실무 회의를 어디서 어떻게 할 건지 잡아야 하는데 북한은 세월아 네월아 시간을 끌며 회신조차 하지 않았다. 첫 몇 주는 에어컨 팡팡 나오는 드래곤힐호텔 방에서 컴퓨터로 하와이 업무를 챙겼다. 별다른 진전이 없는 게 답답했지만 느긋해야 한다니 최대한 느긋하게 버텼다. 상황이 언제 어떻게 변할지 모르니 소집 명령이 떨어지면 판문점에 두 시간 내로 도착할 수 있는 곳에 있어야 한다고 해서 계속 용산 근처에만 있었다. 그렇게 시간이 흘러 미국이 북한더러 판문점에서 만나자고 한 날이 되었다. 회신은 못 받았지만 그래도 혹시나 하는 마음에 우리는 판문점으로 향했다. 2017년 통일부에서 주관한 국제 펠로십 행사에 참가했을 때 판문점 견학을 해본 적은 있어도 판문점에서 일을 해본 적은 없었기에 과연 어떻게 일이 진행될지 궁금했다.

뉴스에 판문점이 나올 때 자주 보았던, 파란색 단층 건물이 눈앞에 보였다. 거기로 북한 대표단을 불렀다고 했다. 미국 대표단은 회담 장소로 들어갔고 나는 옆 건물인 연락소에서 기다리기로 했다. 북한 대표단이 나타난다면 걸어서 들어오기 때문에 연락소 건물에서도 보일 터라 눈이 빠지게 창밖만 바라봤다. 하지만 시간이 지나도 아무도 나타나지 않았다. 허탕이구나. 느긋하게 기다려야 한다는데 그게 내 맘대로 안 되었다. 그 순간 전화벨이 울렸다. 어릴 적 할머니 집에서 울리던 따르릉 따르릉 전화벨 소리였다. 순간 연락소 안이 조용해졌다. 한국 측 통역관이 책상 옆에서 어릴 적 할머니 집에 있던 꼬불꼬불한 선이 달린 전화기를 꺼냈다. 그 전화기가 울리고 있었다. "여보세요."

난 북한 대표단이 전화를 하리란 걸 몰랐다. 아니, 북한과 어떻게 소통하는지 그 방법을 아예 몰랐다. 북한 측이 하는 말을 통역관이 메모지에 받아 적은 후 그걸 다시 읽어서 맞게 적었는지를 확인했다. 몇 월 며칠 몇 시에 판문점 북측인 통일각에서 만나자는 메시지였다.

그 외에 몇 가지 요구 사항도 전달했다. 나는 판문점 회의실에서 몇 시간째 북한이 나타나길 기다렸던 우리 팀에게 이 소식을 전했다. 일부러 허탕 치게 만든 게 뻔했지만 우리가 할 수 있는 일은 없었다. 일단 철수하기로 해서 다 같이 건물을 나섰다. 그날도 나는 입덧이 심해서 제대로 밥을 못 먹어 하루 종일 주전부리를 들고 다녔다. 쓴 속을 달래느라 종이봉투에 이것저것 담아 갔었는데, 차로 향하는 순간 그 봉투의 밑이 터지면서 간식이 데굴데굴 굴러 사방으로 흩어졌다. 덩치가 산만한 미군들이 너도나도 도와 간식을 주웠다. 그들은 내가 입덧으로 고생하고 있는 줄도 몰랐었고 봉투 안에 뭐가 들었는지도 몰랐었다. 나는 멋쩍은 웃음을 지으며 간식을 가방에 담았다.

마침내 회의 날이 밝았다. 국방부 실무자도 꼭 참석해달라는 북측의 요구에 이날은 나도 회의에 들어가게 되었다. 하얀 블라우스에 스카프를 두르고 재킷을 입었다. 판문점 북쪽으로 버스를 타고 들어갔다. 1분 정도 되는 짧은 거리였지만 남북한의 군인들이 열중쉬어 자세로 미동도 없이 서 있는 모습을 보니 긴장이 되었다. 우리 쪽 대표는 당시 미 공군 소장이자 유엔사 참모장이었던 미니한 장군이었다. 회담 전에 몇 번 만날 기회가 있었는데 매우 털털하고 호탕한 분이었다. 통일각에 내려 한 줄로 서서 북한 측과 인사를 나누었다. 내 앞의 미군들이 영어로 간단히 인사하며 악수를 하는데 나는 어떻게 인사할까 잠시 고민이 되었다. 우리말로 "안녕하십니까" 하며 목례와 악수를 나누었다.

회담 장소로 들어갔다. 뉴스에서 보던 낯익은 회담장에는 불이 환하게 켜져 있었고 이미 북측 대표들이 나와 있었다. 9년 만에 열린 미국과 북한의 장성급 회담이었다. 자리에 앉자마자 북한 측 사진사가 나타나 내 얼굴 바로 앞에 대고 사진을 계속 찍었다. 너무 바로 앞에 붙어서 사진을 찍으니 어색하고 민망했다. 아마 자료수집용이 아니었나 싶은데, 막상 내 뒷조사를 해봐도 별게 없어서 실망했을지 모르겠다. 회담장 사방에 비디오 카메라와 일반 카메라가 놓여 있었다. 양측 합쳐서 스무 명 정도가 회담에 참가했다. 북한 측 대표가 먼저 말문을 열었다. 시작부터 분위기가 썩 좋지는 않았다.

어렸을 때부터 무엇이든 적는 걸 좋아했던 나는 이날도 열심히 회담 내용을 받아 적었다. 내게 맡겨진 임무는 아니었지만 딱히 다른 할 일이 없기도 했고 누군가이 역사적인 회담을 남겨두어야 한다는 생각이 들었다. 받아 적으면서 날이 선 대화들이 오갈 때는 함께 긴장했다. 그 대화를 유하게 녹여버리는 미니한 장군의 능력과 아무것도 적지 않으면서 미국 측이 한 말을 일목요연하게 정리하여 우리에게 재차 확인하는 북한군의 능력에 감탄했다. 그리고 글씨를 그렇게 빨리 쓸 수 있는 나의 능력에 스스로 놀랐다.

회담 중 휴식 시간에는 회의실 밖의 작은 방으로 이동했다. 그곳에는 우리를 위한 간단한 다과와 음료가 준비되어 있었다. 젊음과 건강, 아름다움을 안겨준다고 써 있던 '보통강 금강약돌음료'를 잊을 수 없다. 큼지막하게 썬 수박도 있었는데 수박에 검은 씨가 빽빽하게 박혀 있었다. 아주 달았다(미국에서는 대개 씨 없는 수박만 먹다가 한국 수박보다 씨가 훨씬 많은 걸 보니 신기했다. 나중에 부모님에게 이야기했더니 부모님이 어릴 적에 먹던 한국 수박도 그렇게나 씨가 많았다고 한다. 아마 본격적인 종자 개량 이전의 수박이 아닌가 싶다).

회담을 잘 마치고 군사분계선을 넘어 한국으로 돌아왔다. 큰일을 하나 마쳤다. 미군 유해가 담긴 쉰다섯 개의 상자를 돌려받기로 했고, 자세한 건 실무 회담에서 논의하기로 했다. 며칠 후 다시 군사분계선을 넘어 통일각으로 향했다. 몇 차례 회담 끝에 2018년 7월 27일 정전협정일에 맞추어 원산으로 유해를 가지러 가기로 했다. 북한은 6·25전쟁의 정전협정일을 자신들이 승리했다는 의미의 전승일이라고 불렀다. 또한 그들은 회의 중 여러 번에 걸쳐 한국전에서 미국이 북한에게 얼마나 나쁜 짓을 했는지를 강조했다. 그럼에도 인도주의적 차원에서 유해를 돌려주겠다고 했다.

이때부터 실무자들이 바빠졌다. 무엇을 준비해야 하는지부터 결정해야 했다. 유해를 담아 보낼 관을 우리더러 준비해달라고 했기에 나는 한국의 국방부유해발굴감식단에 연락을 했다. 국유단에서 유해 운반 등에 사용하는 오동나무 소관이 크기도 적당했고 무엇보다 국내에서 수급이 가능할 듯했다. 소관을 만드는 업체가 늘 소관 몇십 개를 상비하고 있는 건 아니라서 급행으로 주문 제작을 넣었다. 이 비용을 누가 어떤 식으로 지불할지도 논의해야 했다. 유해를 담는 상자만 넘기려고 했더니 북한 측에서 어떻게 뼈를 그냥 상자에 넣느냐며 유해를 포장할 만한 것도 같이 보내달라고 했다. 미국 측은 유해를 연구실로 옮길 때까지는 일단 지퍼 백에 넣어서 유해 손상이 없게 단단하게 포장해 오는데 북한 측은 뽁뽁이를 요청했다. 주한미군 물자 담당 군인이 내게 물었다. 어떤 종류의 뽁뽁이를 얼마만큼 보내야 유해 쉰다섯 개 상자 포장이 가능하느냐고. 내 평생 그런 건 한 번도 생각해본 적이 없었다. 하와이 연구실에 전화해 소관의 크기를 알려주면서 뽁뽁이가 대충 얼마나 들어갈지 실험해보고 알려달라고 했다. 뽁뽁이의 공기 주머니 크기가 그토록 다양한 줄도 그때 처음 알았다. 그렇게 준비한 소관과 엄청난 양의 뽁뽁이가 판문점을 통해 북한으로 넘겨졌다(미군 군수품팀은 뭘 요청하면 만약에 대비해 더 많은 양을 준다. 가져온 뽁뽁이의 양을 보고 기절할 뻔했다. 그 많은 뽁뽁이를 유해 포장하는 데 다 썼을 리는 없고, 어딘가에서 북한 어린이들이 즐거워하며 터뜨리고 놀지는 않았을까 상상하곤 한다). 사소해 보이지만 결코 사소하지 않은 준비를 철저히 마쳤다. 유해가 북한에서 한국으로 온 다음에는 어떤 과정을 거쳐서 하와이로 이송할 것인지도 결정해야 했다. 모든 준비가 완벽해야 했다.

몇 주간 정신없이 판문점과 오산공군기지, 용산미군기지를 오가며 준비를 했다. 드디어 모든 준비가 끝났다. 한국으로 출장 가라는 전화를 받고 다섯 시간 만에 하와이를 떠난 지 한 달이 지났을 때였다. 그동안에 아이는 방학을 했고, 남편은 중국으로 고고학 탐사를 가는 길에 아이를 한국에 데리고 왔다. 나는 유해 송환 준비를 마치자마자 하와이로 돌아갔다. 집도 치우고 한 달간의 부재로 인해 해야 할 것들이 있었다. 원래 계획대로면 동생네 가족하고 하와이에서 다 같이 여름휴가를 보내야 했는데 그럴 형편이 안 되었다. 내가 먼저 도착해 이것저것 정리하고 동생네가 다음 날 우리 아이까지 데리고 하와이에 도착했다. 나는 며칠 후 동생네에게 하와이 집과 아이를 맡기고 다시 한국으로 떠났다. 내가 하는 모든 일이 가족의 도움 없이는 불가능했다. 원산으로 유해를 가지러 갈 미군 수송기를 타기로 했다. 새벽에 떠나는 나를 위해 한국에서 온 지 이틀밖에 안 되어 피곤한 동생이 주먹밥 도시락을 싸 주었다. C-17이라는 기종의 미군 수송기는 우리가 베트남 등으로 발굴을 하러 갈 때도 타고 가는데 이날은 이송할 물자도 없었고 승객도 나 혼자였다. 그래서 엄청나게 큰 수송기를 혼자서 타고 갔다. 이륙하자마자 에어 매트리스를 깔고 침낭 속에 들어가니 한 달의 피로가 몰려왔다. 정신없이 자다 보니 어느새 한국이었다.

오산에 도착했더니 군인들이 비행기에 올라왔다. 그중 한 명이 내게 오더니 인사를 했다. "닥터 진, 웰컴!" 에스코트를 받아 스페셜 라운지로 가서 입국 수속을 마쳤다. 미군이 나더러 '투루~미호텔'로 이동한다고 해서 '투루~미'가 뭔가 했더니 오산공군기지 내 두루미호텔이었다. 며칠 동안 안보 회의 및 트레이닝에 참가했고 다음 날 드디어 한 달 넘게 준비해온 일이 결실을 맺었다. 7월 27일 새벽 4시에 오산공군기지 터미널에 모였다. 새벽인데도 후텁지근했다. 하와이에서 타고 온 수송기는 새벽 5시 반에 엔진을 켰다. 우리를 떠나보내는 길에 군종목사님이 비행기에 올랐다. 우리는 모두 손을 꼭 잡고 함께 기도했다. 아침 6시 정각에 비행기가 오산을 떠났다. 직선으로 가면 20분 만에 갈 수 있는 거리인데 비무장지대 위를 지날 수 없어서 동해로 나갔다가 다시 서쪽으로 꺾어 원산으로 향했다. 예정되었던 한 시간에 딱 맞추어 텅 빈 원산갈마국제비행장에 도착했다.

비행기가 아직 완전히 멈추지 않은 상태에서 수송기의 뒷문이 열렸다. 수송기 전반의 정비 및 운영을 맡은 군인들이 커다란 뒷문 양쪽에 한 명씩 배치되어 있었고 밖으로 북녘땅이 보였다. 내가 북한에 오다니. 원산은 외할머니가 남쪽으로 넘어가던 길에 북한군에게 붙잡혀 고생했던 기억이 있는 곳이다. 그런 곳에 내가 미군 비행기를 타고 오다니 너무도 비현실적이었다. 원산은 위도가 높아 조금 시원하려나 싶었는데 비행기에서 내리자마자 찜통더위가 훅 몰려왔다. 하지만 비행장 내부는 냉방이 잘되어 있었다. 비행장이 깨끗하고 좋았는데 아무도 없었다. 심지어 비행기도 북측 대표단이 평양에서 타고 온 것으로 보이는 비행기 한 대뿐이었다.

장성급은 그들끼리 회담을 하기 위해 회의실로 이동했고 나까지 네 명으로 이루어진 감식팀은 줄 맞추어 놓여 있는 쉰다섯 개의 소관 속 유해를 빠른 속도로 검증하기 시작했다. 자세한 분석은 돌아가서 하겠지만 행여 동물 뼈를 비롯해 송환 대상이 아닌 것이 들어 있는지 확인해야 했다. 그 과정에서 북한 측에 질문할 것이 있으면 내가 한국어로 물었다. 북한군과 언어소통에 전혀 지장이 없다는 사실에 기분이 묘했다. 양가 조부모님 모두 이북분들이라서 북한 사투리에 익숙해서일 수도 있지만 한국 사람이라면 누구든 소통이 가능했을 것이다. 나와 이런저런 대화를 나누던 북한군 장교가 한 말을 잊을 수가 없다. "이렇게 말이 잘 통하는 한민족끼리

자주 만나서 정분을 쌓아야지요." 정말이지 이렇게 말
잘 통하는 사람끼리 왕래가 불가능하다는 것이 믿기지
않을 정도였다.

유해 검증 중에 틈이 생기면 북한 군인들이 슬며시 말
을 건넸다. "하와이에 화산 분출이 계속된다던데 괜찮으
십니까?" "진 박사님은 집에서 자녀에게 영어를 쓰십니
까, 조선말을 쓰십니까?" "남편은 조선 사람입니까, 미국
사람입니까?" 처음 만나는 사람끼리 주고받을 법한 자
연스럽고 소소한 대화였다. 유해 검증을 마칠 즈음 양측
대표가 회의를 마치고 나왔다. 나와 대화를 나누던 북
한 군인들은 북한 측 대표 장성에게 나의 조부모님 고향
이 평안북도라는 이야기를 했다. 북한 중장은 웃으며 말
했다. "다음에 발굴 오면 꼭 같이 오시라요. 고향에 가봐
야지요. 우리 북조선 감자도 맛보고요." 그는 북한 감자
가 얼마나 맛있는지 이야기해주겠다며 말을 이었다. 옛
날 어느 마을에 어린아이가 없어지는 바람에 마을이 발
칵 뒤집혔다. 아무리 찾아도 아이가 없었다. 다음 날 아
이가 발견된 곳은 놀랍게도 커다란 감자알 속이었다. 아
이는 감자가 너무 맛있어서 그 안에 들어가서 먹다가 그
만 잠이 들었다고 했다. 웃자고 한 이야기였지만 과거에

실제로 북한에 발굴 다녀온 동료들에 의하면 북한의 감자는 정말로 맛있다고 했다. 언젠가 나도 할머니 할아버지의 고향에 가서 맛있는 감자를 맛보게 될 날이 올까.

"커피나 한잔하면서 쉬다 가시라요"라는 말에 우리는 귀빈실로 향했다. 그곳에는 생수, 사이다, 커피, 비스킷, 사탕이 준비되어 있었다. 커피는 중국에서 타 마시던 커피믹스와 맛이 아주 비슷했다. 모든 일을 마치고 예정된 시간에 비행기로 향했다. 유해를 모두 실은 후 다같이 기념사진도 찍었다. 정확한 시간에 비행기는 원산을 이륙해 대한민국으로 향했다. 비행기가 안정 고도에 들어서자마자 우리 팀 대표 미니한 장군까지 모두 한마음이 되어 유해 상자들을 유엔기로 덮었다(미군도 유엔군의 일부였기에 미국으로 송환될 때까지는 유엔기를 씌운다). 각 맞추어 정성스레 포장하느라 정신없었다. 비무장지대를 넘어오는 순간 F-16전투기 여러 대가 하늘에서 우리를 맞이해주었다. 영화 같은 장면을 수송기에 달랑 두 개뿐인 아주 작은 창문으로 바라보았다. 오산에 착륙했다. 비행기 문이 열렸다. 그곳에는 새벽에 우리를 위해 기도해준 군종목사님이 제복 차림으로 서 있었다. 우리는 다시 한번 손잡고 감사기도를 올렸다. 너무나 더

왔던 날, 유해 함이 모두 격납고로 옮겨진 후 우리 팀은 비행기 안에 모여 사진을 찍었다.

우리 대표단 감식팀 네 명 중 셋이 여자라는 사실에 북한군들도 여성 동무가 많이 오셨다며 한마디씩 건넸다. 생각해보니 북한 측에는 여자가 없었다. 예전에 미국이 북한에 발굴을 하러 들어갔을 때만 해도 미국 역시 여자를 보내지 않았다고 한다. 그런데 이번에는 C-17수송기 파일럿도 여자 소령이었다. 하와이에서 원산까지 나를 무사히 데려다주고 데려온 파일럿이 너무 멋있었다. 여자 넷이 모여서 또 사진을 남겼다. 훗날 유치원생이 된 둘째 아이에게 그 사진을 보여주며 말했다. 이 사진 속 다섯 번째 여성 동무가 바로 너라고. 너는 북한에 다녀온 유일한 태아일지도 모른다고. 엄마는 그해 여름에 특별한 태교를 했다고.

유해가 무사히 도착한 후 이틀 동안 유해 정리와 재포장을 마쳤다. 이송 준비가 끝나자마자 나는 먼저 하와이로 돌아가서 유해를 맞이할 행사 준비를 마무리해야 했다. 한국에 남아 있던 내 동료는 오산에서 수송기가 이륙하자마자 유엔기를 성조기로 바꾸어 관포했다. 그때는 소관이 아닌 일반 대관을 사용했기에 한국에서 하와이까지 오는 여덟 시간 내내 관포를 했다고 한다. 두 대의 군수송기가 유해를 싣고 하와이에 도착했다. 당시 미국 부통령이던 마이크 펜스가 하와이에 와서 직접 행사를 주관했다. 엄숙하고 멋진 행사가 잘 마무리되었고 유해는 모두 우리 연구실로 옮겨졌다(분석 결과 쉰다섯 개의 상자에는 250명의 유해가 들어 있었다. 5년 넘는 시간 동안 그중에서 여든아홉 명의 미군을 신원확인했고 일흔일곱 구의 한국군 유해를 송환했다). 다시 생각해도 믿기지 않는, 무덥고 특별했던 2018년의 여름이다.

베트남에서 발굴하다

2015년 여름, 나는 베트남 정글에서 미군 열 명으로 이루어진 팀을 지휘하며 발굴을 하고 있었다. 당시 5년 차였던 나는 여전히 군인들과 일하는 것이 익숙하지 않았고, 발굴 지역 바로 옆에 텐트를 치고 그곳에서 먹고 자며 한 달간을 지내는 베이스캠핑은 처음이었다. 하와이에서 다낭까지 미군 수송기로 이동한 후 다낭에서 발굴지까지 러시아제 헬기로 이동했다. 하늘에서 내려다보는 서부 베트남은 끝없는 산맥의 정글이었다. 여기서 수십 년 전에 실종된 사람을 어떻게 찾으라는 거지. 이 산과 저 산이 구분이 될까. 그렇게 우리는 한 달간 생활할 곳에 도착했다. 베이스캠핑에 필요한 발전기와 정수기

같은 커다란 물건과 열 명의 한 달 치 짐은 헬기에 싣지 못해 트럭으로 오느라 며칠이 더 걸린다고 했다. 그동안 우리는 베트남 현지인 40여 명을 고용해 베이스캠프 칠 곳의 땅을 다졌다. 비가 많이 오는 지역이라 땅에 바로 텐트를 칠 수가 없어서 나무판자로 텐트가 설치될 곳을 만들었다.

긴 하루를 마치고 텐트에 들어가 랜턴을 켰다. 간절히 씻고 싶었지만 씻을 곳이 없었다. 짐이 도착하지 않을 때를 대비해 우리는 늘 '72시간 배낭(72시간 동안 필요한 것들을 넣은 배낭)'을 메고 이동한다. 나는 배낭에서 물티슈를 꺼내 대충 얼굴과 몸을 닦았다. 하루 종일 양치질을 못 했다는 걸 깨닫고 다시 밖으로 나갔다. 칠흑같이 어두운 정글에서 온갖 곤충이 울어댔고 하늘에는 쏟아질 듯 별들이 가득했다. 어찌 보면 낭만적이기까지 한 광경이었지만 이런 곳에서 한 달을 지내야 한다는 생각에 그리 즐겁지는 않았다. 먼지투성이가 된 옷을 굳이 갈아입을 필요도 없어서 다시 텐트로 들어가 딱딱한 바닥에 돌돌 말린 휴대용 베개를 펴고 누웠다.

며칠 후 드디어 기다리던 짐이 도착했다. 트럭이 베이스캠프 근처까지 올 수가 없어 가파른 계곡 너머까지만 우리 짐을 가져다줄 수 있다고 했다. 그 계곡까지 가는 길도 가파르고 험했다. 이때 빛을 발한 것이 우리 팀이 바리바리 싸 온 등산 로프였다. 우리 팀에 있던 등반 전문 군인들이 로프를 계곡 맞은편에 연결하는 광경은 한 편의 영화 같았다. 그렇게 연결된 로프로 커다란 짐이 대롱대롱 매달려 우리 쪽으로 하나씩 옮겨졌다. 베이스캠프에 발전기가 연결되면서 밤에도 한 시간씩 환한 불빛 아래서 저녁을 먹을 수 있었다. 숲속에는 벌레가 아주 많았기에 간이 부엌과 식탁 주변을 빙 둘러 모기장을 쳤다. 그동안 72시간 배낭에 들어 있던 견과류와 빵만 먹다가 드디어 통조림을 먹을 수 있다는 게 참 반가웠다.

다음 날 새벽이 되자 온갖 새가 지저귀며 아침을 알렸다. 짐 속에 있던 캠핑용 버너를 꺼내 물을 끓여 인스턴트 모닝커피를 만들었다. 집에서 원두를 갈아 내려 마시는 커피와는 비교할 수 없겠지만 그 아침의 뜨거운 커피 한 잔은 두고두고 잊을 수 없다. 발굴이 시작되는 날이라 우리가 고용한 40여 명의 베트남 현지인들이 스쿠터로 하두 명씩 도차했디. 덩치가 꺼다란 미군 옆에서 베트남인들은 더욱 왜소해 보였다. 본격적으로 비행기 추락 추정 장소에서 발굴 준비가 시작되었다. 일단 발굴할 곳을 덮고 있는 식물을 잘라내야 했다. 가파른 산에서 유용하다는 최신 등산화와 전기톱으로 무장한 미군들이 내 지시에 따라 식물을 베기 시작했는데 영 진전이 없었다. 식물 종류마다 다른 방법으로 잘라야 했다. 옆에서 지켜보던 베트남인들이 답답했는지 직접 해보겠다고 했다. 그들은 슬리퍼를 신은 채 팔뚝 길이의 칼을 이용해 순식간에 그 지역의 식물을 몽땅 베어냈다. 역시 현지인의 경험과 지식은 웬만해선 따라잡기 힘들다. 덩치가 그들의 두 배는 되어 보이는 우람한 미군들이 머쓱해했다.

그렇게 꽤 넓은 산비탈에서 한 달간 매일 같은 생활이 반복되었다. 아침부터 오후까지 계속해서 땅을 파고 체로 흙을 쳐서 혹시라도 그 안에 있을 사람 뼈를 찾기 위한 날들이었다. 점심시간에 베트남인들은 나무 밑에 옹기종기 모여서 도시락을 먹었고 미군들은 통조림이나 땅콩버터를 바른 크래커를 먹었다. 베트남에서 발굴할 때는 우리를 도와주는 현지인 말고 베트남 군인들도 여러 명이 상주했다. 그들은 일하지 않고 하루 종일 근처에서 노동자들을 감시했다. 무더운 여름날에 고생하며 우리를 도와주는 사람들에게 지급되는 일당의 상당 부분이 정부에서 나온 베트남 군인들에게 돌아간다는 소문을 들었을 때는 마음이 불편했다.

나는 미국에서 가져간 간식을 일하는 사람들과 나누어 먹었고 말은 통하지 않지만 몸짓으로 대화하며 즐거운 휴식 시간을 보냈다. 그때도 이미 한류열풍이 일어 베트남 사람들이 미군보다 나에게 훨씬 더 많은 관심을 보였다. 김희선을 아느냐고도 묻고(알긴 하니까 안다고 했다), 가수 2NE1의 노래를 틀어주면서 춤을 출 줄 아느냐고도 물었다(그래서 아무렇게나 췄다). 2008년에 중국에서 박사논문 자료수집을 할 때에도 이미 한류열풍이 한창이어서 가는 곳마다 드라마 〈대장금〉에 나오는 주제곡을 부르며 친해지곤 했다("오나라 오나라"밖에 몰라서 그다음은 아무렇게나 지어서 불렀다). 어찌 보면 너무나 사소한 것이지만 발굴도 연구도 사람이 하는 일인지라 사람들하고 거리감을 줄이는 게 결국은 일을 성공적으로 마치는 중요한 비결이었다. 김희선 덕분인지 일을 도와주는 분들과 매일 웃으며 함께 일했다.

일이 끝나면 땀과 흙으로 범벅된 옷을 수영복으로 갈아입고 베이스캠프 옆에 흐르는 계곡물에 뛰어들었다.

미군들이 샤워는 정수된 물로 하는 게 좋겠다며 엄청난 크기의 정수기를 가져다 판자를 대어 간이 샤워 시설을 만들었지만, 나는 계곡물이 더 좋았다. 아무리 더운 날도 계곡물은 차가워서 제대로 씻기 힘들었지만 간이 샤워 시설에서 나오는 물도 찬물이어서 대충 씻는 건 마찬가지였다. 저 멀리 베트남 사람들이 계곡에서 씻는 모습이 보였다. 씻은 후에는 계곡물에 빨래를 했다. 워낙 습한 곳이어서 면양말은 늘 축축했다.

이 모든 걸 마치고 잠시 쉬면 어느덧 저녁 시간이었다. 햇반을 데워서 김에 싸 먹는 날도 있었지만, 나는 주로 우리 측 베트남 통역병과 함께 베트남 군인들의 캠프로 건너가서 식사했다. 전기도 안 들어오는 깊은 산속에서 베트남인들이 만든 음식은 놀랍게 맛있었다. 근처에서 딴 야채, 계란, 공수해 온 고기 등에 피시소스를 팍팍 뿌려 불에 볶은 음식을 고슬고슬 찐 밥에 얹어 먹었다. 비록 통역을 해줘야 대화가 가능했지만 그래도 함께 밥을 먹으면 즐거웠다. 베트남 사람들의 초대에도 불구하고 문화가 낯설어서인지 대개 미군들은 간이 부엌에서 통조림으로 끼니를 때웠다. 2011년에도 베트남에서 발굴을 했는데 그때는 동네 주민들이 집으로 나를 초대했다. 가구라고는 그물 침대뿐인 시멘트 바닥의 집이었다. 아이들은 외국인인 내가 신기한지 계속 주변을 서성였다. 거실 바닥에 금세 푸짐한 상이 차려졌다. 넉넉지 못한 살림이었지만 누구보다 넉넉한 인심이었다.

저녁 먹고 베이스캠프로 돌아와 계곡에서 양치질을 하고 텐트에 들어가면 또 하루가 끝났다는 안도감과 함께 하루 종일 잊고 있던 가족들이 떠올랐다. 세 살밖에 안 된 리아가 하와이에서 남편과 잘 지내고 있을지, 엄마가 없다고 슬퍼하는 건 아닐지. 이런 걱정을 한다고 상황이 나아지지는 않으니 굳이 생각하지 말자고 다짐을 해도 어쩔 수가 없었다. 정신을 다른 데로 돌리기 위해 랜턴을 켜고 소설책을 폈다. 내용을 모르고 들고 간 황석영의 『개밥바라기별』에는 베트남 파병 이야기가 나왔다. 베트남 산속의 쏟아지는 별빛 아래 사방에서 울어대는 벌레 소리를 배경 삼아 재미있게 읽었다.

깊은 산속에 있다 보니 전화가 될 리 만무했다. 혹시나 해서 지금은 찾아보기조차 힘든 옛날 노키아 휴대전화에 베트남 유심칩을 넣어 갔다. 발굴 기간이 절반 즈음 지났을 때부터 마음이 초조해졌다. 서울에 있는 동생의 둘째 출산일이 가까워졌기 때문이다. 매일 아침 휴대전화를 들고 산꼭대기로 올라갔다. 헬기 이착륙을 위해 나무를 벤 곳에서는 가끔 휴대전화 시그널이 잡혔다. 8월 15일 광복절 아침, 산꼭대기에서 휴대전화를 높이 들고 이리저리 걷는데 문자메시지가 들어왔다. 동생과 아이가 모두 건강하다는, 엄마의 짧은 문자메시지였다. 나는 그 자리에 주저앉아 펑펑 울었다. 몇 년 전에 태어난 첫 조카가 뫼비우스증후군이라는 희귀질환을 가지고 태어나서 둘째 조카가 태어나기까지 온 식구가 겉으로는 말을 안 해도 마음을 많이 졸였다. 아이가 건강하다는 말에 태어나자마자 온갖 재활 등으로 많은 고생을 하면서도 잘 커주고 있는 큰조카도 생각나고 마음 졸였을 동생 부부와 엄마 아빠가 다 떠올랐다. 베이스캠프로 돌아가 아침을 먹으면서 군인들을 붙잡고 둘째 조카가 건강하게 태어났다며 계속 울었다. 영문을 모르는 그들은 얘가 왜 이러나 했을 것이다.

기나긴 발굴을 마치고 다낭으로 돌아갈 준비를 시작했다. 워낙 가난한 지역이라 내가 가져온 것들을 몽땅 나누어 주었다. 마침 옆에 있던 베트남 사람들에게 통조림 남은 것과 통조림 따개를 선물했더니 통조림 따개가 무엇이냐고 물었다. 통조림을 따는 시늉을 했더니 그들이 깔깔 웃었다. 어리둥절해하는 나를 보며 한 남자가 옆에 차고 있던 긴 칼을 꺼내 한 번의 칼 놀림으로 재빠르게 통조림을 땄다. 아하! 나도 같이 웃었다. 통조림 따개는 그들에게 쓸모없는 물건이었다(요즘은 한국에서도 통조림 따개를 보기 힘들다. 대부분의 통조림이 손쉽게 딸 수 있게 만들어졌기 때문이다. 하지만 미국은 아직도 따개 없이는 열기 힘든 통조림이 대부분이다). 내 옷과 신발 몇 개를 빼고는 다 나누어 주었는데 여자들이 손짓으로 화장품은 없느냐고 물었다. 화장을 거의 안 하는 내가 베트남 발굴을 가는데 화장품을 가져갔을 리 없었다. 정말 미안하게도 줄 만한 건 로션 정도였다. 다음에는 꼭 립스틱과 아이섀도를 넉넉히 챙겨야겠다고 다짐했다.

마지막 날 저녁에 베트남 군인들이 나를 부르더니 귀한 특산 술이라며 한잔 받으라고 따라 주었다. 낯선 맛이었다. 페트병 가득 담긴 갈색 술. 이 술은 여자에게 좋은 거라 특별히 나를 위해 남겨두었다고 했다. 감사히 받고 설명을 들어보니 원숭이 태반으로 담근 술이었다. 모르고 마실 때는 괜찮았는데 원효대사의 해골 물처럼 알고는 도저히 마실 수가 없었다. 다낭까지 잘 가지고 가서 버렸다. 베이스캠프에서 철수하자마자 베트남 사람들이 몰려들어 우리가 두고 가는 로프와 판자 등을 모두 챙겨 갔다. 저 멀리서 헬기 소리가 들렸다. 그 소리가 그렇게 반가울 수가 없었다.

안타깝게도 우리는 실종 군인의 유해를 찾지 못했다. 산비탈을 싹 드러내고 발굴을 했지만 비행기 잔해 외에는 아무것도 나오지 않았다. 비행기는 빠른 속도로 날다가 추락하기 때문에 떨어진 후에도 사방으로 미끄러지며 터진다. 연료 때문에 불붙는 경우가 허다하고, 당시에는 동체가 크게 부숴지지 않으면 곧바로 다른 미군 비행기가 와서 추락한 비행기를 통째로 태울 만큼의 연료를 쏟아부었다고 한다. 적군이 비행기 동체를 가져가 분해하지 못하게 하기 위해서였다. 그런 현장에서 수십 년이 또 지났는데, 그 속에서 유해를 찾기란 쉽지 않았다. 우리만 집에 돌아가는 것이 어쩐지 죄송하면서도 마침내 집에 간다는 사실이 너무 좋았다.

미국으로 돌아가기 전 일주일을 다낭 호텔에서 지냈다. 호텔에는 내가 당시 집필 중이던 책 원고의 마지막 교정지가 한국에서 우편으로 배달되어 있었다. 발굴은 잘 마쳤느냐는 편집자님의 손 편지가 반가웠다. 베트남

식 아이스커피를 마시며 리조트에 앉아 원고를 교정했다. 불과 며칠 전까지 정글 속에서 지낸 게 아득한 옛날 같았다. 호텔에서 한 달 만에 제대로 씻고 간이 군용 침대가 아닌 진짜 침대에서 사각거리는 이불을 덮으니 너무 좋았다. 평소에는 당연하게 여기던 것들이었지만, 베트남 발굴 이후 매일 돌아갈 집이 있다는 것과 아늑한 침대와 이불이 주는 편안함이 진심으로 감사하게 느껴졌다. 전쟁에 나가면 전투도 전투지만 오랜 기간 밖에서 추위와 더위를 고스란히 느끼며 새우잠을 자고 밥도 밖에서 대충 때우고 씻지도 못하는 게 그렇게 힘들다고 한다. 전시에 비하면 편안한 베이스캠프에서 지냈지만 그게 무슨 말인지 조금은 알 것 같았다. 그 고난을 견뎠는데 결국 집에도 못 돌아가고 유해마저 머나먼 이국 땅 어딘가에 흩어져 있는 수만 명의 군인들을 기억하고 추모하는 일, 그게 내가 하는 일이었다.

2   낯선 존재로
    살아가기

일하는 엄마

베트남 발굴 같은 장기 출장부터 중국 출장 같은 단기 출장까지 출장이 잦은 직업이다 보니 아이를 키우며 일하려면 남편과의 조율이 필수적이다. 다행히 남편도 나와 전공이 같고 본인도 수시로 고고학 탐사 및 발굴, 학회 참석을 위해 집을 떠나야 했기에 우리는 서로를 잘 이해했다. 가족도 중요하지만 일도 중요하기에 상황이 되는 사람이 집에 남아 살림과 육아를 챙겼다. 나의 직장 생활 첫 10년은 개인적으로도 굵직한 변화가 많았던 시기이다. 박사학위를 받았고 결혼을 해서 두 아이의 엄마가 되었으며 세 번 이사를 다녔고 고양이 두 마리를 입양했다. 좋은 체력을 타고나기도 했지만 삼십대의 나는 특히 팔팔했다. 웬만해서는 피곤하다고 느껴본 적도 없고 친정도 시가도 없는 하와이에서 남편과 둘이 으쌰으쌰 아이들을 키웠다.

미국 연방정부에 유급 육아휴직이 아예 없던 시절이어서 첫째를 낳았을 때는 병가를 몰아서 쓰고 한 달 만에 복직했다. 마침 방글라데시에서 하와이대학교로 유학 온 학생의 아내가 리아를 봐주겠다고 해서 마음 편하게 일할 수 있었다. 매일 아침 곱게 사리를 차려 입은 티티에게 아이를 데려다주었다. 대부분의 유학생처럼 그들도 아주 작은 아파트에서 생활했지만 누구보다 고국 방글라데시를 자랑스러워했고 마음이 아주 따뜻했다. 그들은 독실한 무슬림 신자였고, 한번은 우리를 초대해서 라마단 기간에는 해가 진 후에 이렇게 먹는다며 진수성찬을 차려주었다. 삶은 달걀에 튀김옷을 입혀 바삭하게 튀겨낸 음식은 지금도 그 맛을 잊을 수가 없다. 티티는 방글라데시에서 많이 먹는다며 렌틸콩수프를 끓여서 리아도 먹이고 심지어 내가 퇴근길에 데리러 가면 하루 종일 일하느라 수고했다면서 저녁에 먹으라며 내 것까지 챙겨주곤 했다. 가진 것은 많지 않아도 나눌 줄 아는 선하고 고마운 사람들이었다.

언젠가 티티가 보여준 영상 속에서 리아가 뒤뚱뒤뚱 첫걸음마를 떼었다. 그 모습과 티티의 환호성이 여전히 생생하다. 어떤 엄마들은 일하느라 아이의 그런 모습을 직접 보지 못한 것에 마음 아파하기도 한다지만 나는 그렇지 않았다. 어차피 아이는 커가는데 내가 그걸 직접 보느냐 마느냐는 그리 중요하지 않았다. 아이가 앉고 서고 걷고 이가 나고 이유식을 먹고 말하는 모든 발달 과정이 신기할 뿐이었다. 아이를 남의 손에 맡기고 일해야 하는 게 마음이 아픈 엄마도 있겠지만 나는 석 달밖에 안 된 신생아를 티티에게 맡기고 돌아서던 그날의 홀가분함이 생생하다(너무했나?). 내가 좋아하는 일을 하며 돈을 버는 동안 나의 아이를 사랑으로 돌봐주는 사람이 있다는 게 감사했다. 가끔 직장에서 아이가 보고 싶지 않느냐는 질문을 받았는데, 출근하면 정신이 없어서 아이 생각을 할 틈이 없었다. 당시에 티티는 휴대전화가 없어서 사진을 찍어 실시간으로 보내줄 수도 없었다. 아이와 나는 각자의 위치에서 충실하게 하루를 보내고 오후에 반갑게 다시 만났다.

퇴근해서도 아이에게만 온전히 집중할 수는 없었다. 저녁을 차리고 집을 치우고 아이를 씻기고 나면 어느덧 잘 시간이었다. 모든 워킹 맘이 비슷할 것이다. 그렇다고 죄책감을 느낀 적은 없다. 내게 주어진 상황에서 최선을 다하는데 아이에게 미안할 게 없었다(자기합리화 잘함!). 아이와 함께 있는 시간이라고 의식적으로 최선을 다해야 한다는 생각도 하지 않았고 그냥 매일매일 함께 살아나갔다. 주말에는 여느 부모처럼 아이와 여기저기 다니기도 하고 집에서 뒹굴기도 하면서 편안한 날들을 보냈다. 다행히 남편은 근무시간 조절이 비교적 자유로운 편이어서 리아가 만 두 살이 될 때까지는 매주 금요일마다 종일 리아를 봤다. 둘이 무얼 했는지는 잘 기억나지 않지만 그 시간들 또한 아빠와 딸의 기억 어딘가에 고스란히 쌓여 있을 것이다.

한국 출장이 1년에 두세 번씩 있었는데 그때마다 나는 리아를 데리고 갔다. 만 두 살까지는 무릎에 앉혀 가면 따로 비행기표를 사지 않아도 되었고, 리아에게 한국에 있는 할아버지, 할머니, 이모와의 추억을 만들어주고 싶었다. 걱정 없는 성격을 타고나서인지 리아가 순한 아이였기 때문인지, 아이 데리고 열 시간씩 비행기를 타는 것이 어렵지 않았다. 비행기를 타면 한국 할머니들이 아이를 그렇게 춥게 입히면 어떡하느냐고 꼭 한마디씩 했다. 누구보다 엄마인 내가 아이를 가장 염려할 텐데도 할머니들은 참지를 못했다. 돌이켜보면 그냥 웃어넘길 일인데 그때는 왜 그리 불쾌해했던지. 내가 일하는 동안 리아는 한국에서 사랑을 듬뿍 받으며 행복한 추억을 쌓았다. 한국 유치원도 다녔고 남자 사촌들과도 격하게 놀면서 한국말도 많이 늘었다.

리아가 세 살 때 나는 40일간 베트남으로 발굴을 가야 했다. 아이가 좋아하는 음식을 잔뜩 만들어서 얼려 두고 떠나는 것밖에 내가 할 수 있는 일이 없었다. 남편은 혼자서 아이 등하원과 출퇴근, 육아를 도맡았다. 나는 나대로 난생처음 군인들과 한 달 넘게 같이 지내느라 힘들었고, 남편은 남편대로 리아는 리아대로 처음 겪어보는 쉽지 않은 시간이었다. 게다가 그 발굴은 정글 깊은 곳의 베이스캠프에서 이루어졌기에 휴대전화도 잘 터지지 않아서 세상과 단절된 채 한 달을 지내야 했다. 그때는 매일 저녁 텐트로 돌아가 결심했다. 이 발굴을 끝으로 직장을 때려치우리라.

힘들었던 시기는 우리 셋에게 나름 긍정적인 효과를 남겼다. 남편은 독박 육아도 감당할 수 있다는 자신감을 얻었고, 나는 아이와 남편이 나 없이도 잘 지낼 수 있다는 깨달음을 얻었으며, 아이 역시 아빠만 있으면 아이스크림을 매일 먹고 동영상을 원 없이 시청할 수 있어 그리 나쁘지만은 않다는 걸 알게 되었다. 이후로도 나는 한국, 중국, 키리바시공화국, 워싱턴 등등 많은 곳으로 출장을 다녔고 남편은 발굴과 학회 참석을 위해서 포르투갈, 중국, 영국, 뉴욕 등으로 떠났다. 여건이 되면 셋이 같이 가기도 했다.

그렇게 우리 셋만의 삶이 안정될 무렵 둘째 아이가 태어났다. 마흔의 나이에 다시 기저귀와 수유의 인생이 시작되었다. 무슨 일이든 큰 고민 없이 닥치는 대로 하고 보는 성격이라 둘째 육아도 수월했다. 나는 모유가 잘 나와서 두 아이 모두 1년 가까이 모유로만 키웠다. 일을 해야 하니 직장에서 유축을 했다. 해본 사람은 알겠지만 젖소가 된 느낌이다. 깔때기를 가슴에 대고 유축기를 켜면 슉슉 소리가 나면서 관으로 연결된 젖병으로 모유가 뚝뚝 떨어진다. 한 차례의 세팅부터 설거지, 소독까지 적어도 30분은 걸리고 그걸 서너 시간에 한 번씩 해야 하니 그 시간이 참 지루하고 번거로웠다. 퇴근하는 차 안에서, 비행기 안에서, 한국에 출장을 가서는 국방부 여자휴게실에서, 지하철역 모유수유실에서도 아이스 팩을 넣은 커다란 유축 가방을 들고 다니며 열심히 유축을 했다. 둘째를 낳고 보니 그동안 기술이 발달해서 핸즈프리 유축기가 나왔다. 속옷 안에 넣고 돌아다니면 저절로 유축이 되는, 진정 신문물이었다. 하지만 건강보험을 통해 공짜로 유축기를 받을 수 있는데 굳이 몇십만 원이나 내고 핸즈프리 유축기를 살 필요가 없다고 생각해서 결국은 써보지 못했다.

나는 꼭 모유를 먹여야겠다는 신념이 없었다. 그냥 충분히 나오니까 먹였다. 그런데 육아의 세계에 들어가 보니 굉장히 신념이 강한 엄마들이 많았다. 엄마도 삶이 있는 사람인데 어떻게 모든 걸 아이에게 완벽하게 맞춰서 좋은 것만 줄 수 있을까. 낯설고 이해하기 힘든 세상이었다. 첫째를 힘들게 자연분만하는 바람에 몇 주간 허리도 제대로 펼 수 없었고 이후 몇 년 동안 힘들었다. 사방에서 자연분만의 장점을 이야기하지만 나 같은 경험을 공유하는 사람은 많지 않았다. 첫째 때 너무 고생을 해서 둘째는 제왕절개를 해달라고 했으나 첫째를 받아준 산부인과 의사가 보통 둘째는 훨씬 수월하니 일단 한번 해보자고 설득했다. 의사 말대로 둘째는 수월하게 세상에 나왔다.

나는 일하면서 두 아이를 자연분만과 모유로 키웠다. 그 과정에서 나는 오히려 아이를 낳지 않는 사람의 마음을 더욱 존중하게 되었고 엄마가 행복한 육아의 중요성을 깨달았다. 직장 동료가 첫 출산을 앞두고 있을 때 나는 그녀에게 자연분만과 모유에 집착할 필요 없다며 되는 대로 하면 된다고 조언했다. 그녀는 그런 말을 해준 사람이 나밖에 없었다면서 아이를 제왕절개로 낳아 분유로 키우는 데 큰 힘이 되었다고 했다.

아이가 생기니 모든 결정에 아이를 고려하지 않을 수가 없었다. 예전처럼 내가 가고 싶다고 훌쩍 어디로 떠날 수도 없었고 내가 출장을 가면 남편이 아이를 혼자서 봐야 했기에 서로 눈치도 보게 되었다. 퇴근해서 피곤이 몰려와도 아이 밥은 챙겨줘야 했고, 심지어 씻기고 재워야 했다. 어떤 엄마들은 아이를 보기만 해도 마음이 사르르 녹아서 모든 피로가 날아간다고 하던데, 내게 그런 모성은 없었다. 가끔 너무 피곤하면 육아도 귀찮아질 때가 있었지만 내가 낳은 아이이니 주어진 상황에서 엄마로서의 최선을 다했다.

그렇게 지내다 보니 시간은 흘렀고 어느덧 첫째는 중학생, 둘째는 유치원생이 되었다. 수월한 아이들이기도

해서 육아가 그렇게 힘들지는 않았다. 예전에 누가 이런 질문을 했다. 박사학위를 또 받을래, 아이를 하나 더 낳을래? 난 어떤 일이 있어도 다시는 박사학위 과정을 밟고 싶지 않기에 굳이 택한다면 아이를 택하겠다. 아이는 어떻게든 자라게 되어 있는데 박사학위는 오롯이 나의 노력이 아니면 끝나지를 않는다. 아무도 간섭하지 않는데 매일 뼈를 분석하고 통계를 돌리고 그 결과의 의미를 찾는 과정은 오로지 나의 의지가 얼마나 강한지에 달려 있었다. 그걸 하루 이틀도 아니고 게다가 남의 나라 말로 몇 년을 하는 건 정말 쉽지 않았다.

어느 날 첫째가 물었다. "엄마는 다음 생이 있다면 아빠랑 결혼해서 우리를 낳을 거야?" 순간 무어라 답해야 할지 고민하다가 말했다. "당연하지(어차피 다음 생이 있는지도 모르겠고, 설령 내 생각이 그렇지 않다고 하더라도 굳이 그렇게 답할 필요가 뭐 있겠어)!" 결혼과 육아를 통해 얻은 가장 큰 깨달음은 세상에 내 마음대로 되지 않는 일이 있다는 거였다. 굳이 결혼과 육아를 거치지 않아도 이걸 깨닫는 사람들이 있겠지만, 나와 다른 환경에서 자란 사람과 한집에서 생활하며 나와는 다른 존재인 아이들을 낳아 키워보고서야 그걸 뼈아프게 알게 되었다. 결혼과 육아, 직장. 이 세 가지가 오늘의 나를 만들었고 앞으로의 나를 만들어나갈 것이다.

아이 있는 직장인

미국 사는 엄마들은 한국처럼 아이 키우기 편한 데가 없다 하고, 한국 사는 엄마들은 미국처럼 아이 키우기 수월한 곳이 없다고 한다는 말을 들었다. 둘 다 일리가 있다. 보통 한국에는 급할 경우에 의지할 부모님이 있고, 요즘은 음식도 배달이 척척 된다. 어느 정도 큰 아이는 굳이 데려다주지 않아도 알아서 학원 버스를 타고 다니며, 자기들끼리 걸어 다니기도 한다. 하지만 아이 있는 직장인은 꽤 힘들 수도 있다. 출퇴근 시간과 등하교 시간이 엇갈릴 수 있고, 갑자기 아이가 아파서 학교를 못 가는 날에는 어찌할 바를 몰라 동동거리게 되니까. 이에 비해 미국 사는 나는 급할 때 아이를 맡길 곳이 거의 없고, 동네 상가에는 반찬 가게도 없으며 아이의 과외활동은 부모가 일일이 데려다주고 데려와야 하는 식이다. 그렇지만 직장에서 이런 상황에 대한 배려가 많다. 나름 다행이랄까. 물론 한국도 미국도 직장마다 여건이 다르기에 통으로 비교할 수는 없고, 대체로 사회 분위기가 그렇다는 이야기다.

둘째가 태어난 2018년에도 미국에는 연방정부 공무원의 유급 출산휴가가 없었다(진정 실화인가요?). 2020년이 되어서야 트럼프 대통령의 딸인 이방카 트럼프의 적극적인 로비 덕에 법이 통과되어 출산 혹은 입양의 경우 12주까지 유급휴직이 가능해졌다(그렇다고 아이를 또 낳을 수도 없고!). 나는 아이를 낳자마자 바로 출근하기 어려워 그 전까지 열심히 병가와 휴가를 모았다. 필요하면 무급으로 12주까지 출산휴가를 쓸 수 있었지만 매달 들어가는 생활비를 감안해 그럴 수 없었다. 다행히 우리 사무실에서는 재택근무를 하게 해주어 나는 출산하고 한 달 후부터 집에서 일하기 시작했다. 그때는 엄마가 도와주러 와 계셔서 수월하기도 했다(한국의 산후조리원이라는 곳이 궁금했지만 결국 경험을 못 해봤다. 대신 매번 감사하게도 친정 엄마의 산후조리를 받았다).

복직도 일주일에 며칠 혹은 하루에 몇 시간만 출근하는 식으로 조정이 가능했다. 출산 후 처음으로 사무실에 나가는 날은 설렜다. 몸이 다 회복되지 않은 채 하루 종일 아이를 수유하고 챙기느라 매일 폭탄 맞은 사람처럼 지내다가 모처럼 옷도 챙겨 입고 사람다운 모습으로 외출하는 거였다. 사무실에 도착했더니 책상 위에 편지가 두 통 놓여 있었다. 열어보니 우리 기관장님과 부기관장님이 직접 쓴 출산 축하 편지였다. 두 분은 원래 직원들의 이름은 물론이고 직원 가족의 이름까지 다 외우고 다녔는데, 이번에도 어떻게 알았는지 둘째의 이름까지 적은 편지를 보냈다. 기관장님은 군으로 치면 중장급의 고위 공무원인데 나 같은 일개 직원의 출산까지 챙겨주다니 감동적이었다. 마침 기관장님 손녀가 둘째와 비슷한 시기에 태어나서 지금도 마주치면 늘 아이들 이야기를 한다. 언제 만나도 아이들의 나이까지 대충 알고 근황을 묻는 기관장님의 노력이 정말 멋지다.

둘째는 백일이 조금 지나 처음으로 한국에 갔다. 첫째처럼 나의 출장길에 함께 올랐다. 다행히 둘째도 비행기를 수월하게 타주었고, 이즈음 나는 이미 아이와 함께 비행하는 데에 베테랑이었다. 한국으로의 출장 기회가 많은 직장인 게 감사했고, 내가 일하는 동안 아이를 봐줄 수 있는 부모님께도 감사했다. 그때 나와 함께 출장을 나간 미국인 동료도 아장아장 걷는 둘째 아이와 함께 비행기를 탔다. 남편이 아이를 봐줄 형편이 안 되어 데려왔다고 했다. 그녀는 서울의 호텔에 도착해 베이비시터를 알아보더니 바로 다음 날 아이를 베이비시터와 함께 호텔에 남겨두고 출장 업무를 보러 나왔다. 씩씩하고 똑 부러지는 성격이라 내가 존경하는 동료였는데 역시나 대단했다. 그런 그녀의 씩씩함은 직장 내 워킹 맘들에게 긍정적인 영향을 많이 주었다.

둘째가 6개월 정도 되었을 때 남편이 중국으로 한 달 넘게 발굴을 갔다. 마침 첫째는 여름방학이 시작되어 남편이 중국 가는 길에 한국 부모님 댁에 데려다주었다. 그렇게 아기와 나의 한 달 살기가 시작되었다. 다행히 일본인 베이비시터를 구해서 그녀가 아침부터 저녁까지 아이를 돌봐주었다. 나보다 훨씬 정성스러운 그녀는 기저귀 발진이 생길 것 같으면 어느새 유기농 코코넛오일을 가지고 와서 발라주었고, 내가 시판 이유식을 먹이려 하면 자기 집에서 커다랗고 무거운 비타믹스 믹서기를 굳이 가져와서 아이에게 유기농 스무디를 만들어 주었다. 하루는 베이비시터가 일이 생겨 못 오게 되었다. 나는 그날 회의가 있어서 꼭 출근을 해야 했다. "같이 가자!" 출근해서 내 자리 바닥에 장난감 몇 개를 주고 아이를 앉혀두었다. 아이는 새로운 환경이 신기한지 누웠다 앉았다 하면서 혼자 잘 놀았다(미국에 유학 온 지 얼마 되지 않았을 때, 엄마 따라 학교 도서관에 와서 카펫을 기어다니며 노는 아기들을 보고 기겁했었다. 더러운 바닥을 뒹구는 아기와 개의치 않고 옆에서 열심히 공부하는 학생 엄마가 신기했다. 그런데 어느새 내가 그런 엄마가 되어 있었다. 닥쳐보기 전에는 모르는 것이다). 주변 직원들이 돌아가며 잠시 아이를 봐주기도 했다. 물론 아이가 그러고 있으면 집중이 잘되지는 않았지만, 그래도 처리해야 하는 일들은 다 할 수 있었다. 회의 시간에도 아이는 따라 들어와 바닥에서 놀았다. 아무도 그런 나를 이상하게 여기지 않았다.

아이들의 방학 기간이 시작되면 사무실 여기저기에서 아이들이 보인다. 남편네 학과의 교수 회의에도 아이들이 쪼르르 따라와 뒷자리에 앉아 있다고 했다. 보스의 딸도 지금은 이십대의 늘씬한 모델이 되었지만, 초등학생 때부터 방학 때는 아빠 사무실에 와 있었다. 거기서 숙제도 하고 책도 읽고 아빠의 책장 정리도 하면서 방학을 보냈다. 다른 직원의 아이들도 수시로 나타났다. 회의실이 비어 있으면 그곳에서 공부하는 아이들도 있었고 회의 시간에 뒷자리에 조용히 앉아 있는 아이들도 있었다. 한번은 우리 기관 전체가 강당에 모여 종무식을 할 때였다. 수백 명의 군인과 공무원이 자리를 잡았는데 여기저기서 어린이들이 보였다. 겨울방학인데 엄마는 일하러 가야 해서 아빠를 따라왔다는 아이들이었다. 종무식이 끝나고 자리에서 일어서는데 기관장님이 우리더러 다 멈추라고 하더니 아이를 데리고 온 사람들 먼저 나가라고 했다. 어린이들이 덩치 큰 어른들에게 치이지 않도록 배려한 거였다.

이건 아직 한국에서 찾아보기 힘든 문화이고 미국이라고 다 이렇지도 않다. 하지만 전반적으로 아이가 있는 직장인에 대한 배려가 한국보다 많은 곳이 미국이다. 아이가 있다고 왜 배려를 받아야 하느냐, 오히려 아이 없는 사람에 대한 역차별이 아니냐는 이야기도 들린다. 나도 아이가 없을 때는 아이 때문에 장기 출장에서 빠지는 직원에 대해 은근히 불만이 있었다. 하지만 이제는 생각이 바뀌었다. 아이가 있는 건 현실이고, 아이에게 부모손이 필요한 건 어쩔 수 없는 일이다. 아이는 내가 좋아서 낳았으니 스스로 책임져야 하는 게 맞지만 나의 노동력이 필요한 직장이라면 내가 장기간 일할 수 있도록 내게 맞는 근무 환경을 만들어줄 수 있어야 한다.

직원을 뽑는 입장으로 바뀌면서 비단 아이의 유무 문제를 떠나 직원 개개인이 최대한 만족하며 일할 수 있도록 배려해주는 게 중요하다는 사실을 절실히 깨달았다. 아이가 없어도 돌봐야 할 나이 든 반려견이 있는 직원은 재택근무 시간을 늘려주고, 남편과 멀리 떨어져서 지내는 직원에게는 재택근무와 휴가를 붙여 쓸 수 있도록 해준다. 다른 직원에게 어떤 배려를 왜 해주는지는 사생활의 영역이라 서로 묻거나 알 필요가 없다. 이런 배려가 없을 때 직원들은 일을 즐겁게 하지 못하고 결국은 그만두게 된다. 그러면 다시 직원을 채용해서 교육시켜야 하는 비용도 만만치 않다. 물론 어디까지 얼마만큼 배려해줄 것이냐의 문제는 있지만 무조건 같은 시간 동안 같은 곳에서 일해야만 공평하다고 여기는 시대는 지났다고 생각한다. 그동안 나는 많은 사람의 도움으로 같은 직장에서 재미나게 일해왔다. 좋은 상사들이 내게 베풀어준 믿음과 배려의 힘이 얼마나 큰지 잘 알기에 내가 받은 것보다 더 많이 직원들에게 줄 수 있는 사람이 되려고 노력한다(아직 갈 길이 멀다).

나는 영원한 민간인

―군인들과 일하기

나는 직장 생활에 만족하고 이만한 직장이 없다고 생각하는 편이다. 내가 학교에서 배운 지식을 활용해 비록 유해가 되었을지라도 그들을 기다리던 가족의 품으로 돌려보내는 보람찬 일을 할 수 있다는 게 감사하다. 첫 4년은 비정규직 박사후연구원으로 시작했고, 다음 7년은 정규직 일반 공무원으로 일했고, 이후에는 진급을 해 매니저로 일하고 있다. 두루두루 거쳐 여기까지 왔다. 직장 내에서 누구랑 크게 부딪치는 일은 없었지만 여느 직장처럼 크고 작은 일들이 많았다. 한국에서 직장 생활을 해보지 않아서 비교할 수는 없지만 미국 국방부에서, 절대 다수가 백인인 미국인들과 일하는 데에는 그 나름의 고충이 있었다. 문화적인 차이도 있었고 동양 여자로서 어떻게 행동해야 하는지에 대한 고민도 많았다.

인류학의 기본 틀은 사람의 다양성을 존중하고 이해하는 것이다. 사람은 모두가 다르면서도 비슷하다는 틀에서 연구를 시작하기에 인류학을 공부한 사람들은 대체로 다른 집단이나 인종에 대한 포용력이 높은 편이다. 그런 분위기의 대학원에서 비슷한 생각을 가진 사람들과 7년간 지내다가 현 직장에 취직했다. 내가 몸담고 있는 DPAA는 700여 명의 직원 중 절반이 군인이고 나머지는 민간인 공무원이다(미국은 한국처럼 군무원의 구분 없이 다 공무원이다). 내가 일하는 연구실을 제외하면 민간인의 대다수도 전역한 군인이다. 미국 사회에서 군대는 그나마 인종과 성별의 다양성이 높은 곳이지만 여전히 백인 남자가 주를 이룬다. 우리 기관도 마찬가지다.

군대에 대해 아무것도 모르던 내가 처음 군인들과 일하게 되었을 때를 떠올려보면 웃음이 난다. 딸만 있는 집에서 성장해 군대 가는 사람을 본 적도 없었고, 장군은 별을 몇 개까지 달 수 있는지조차 몰랐으며, 소위와 소령의 계급이 얼마만큼 차이가 나는지 생각해본 적도 없었다. 그런 내가 미군 조직에 들어가니 처음에는 무얼 모르는지조차 몰랐다. 회의에 들어가면 쏟아지는 군대 용어에 어리둥절했다. 알파벳을 에이, 비, 시, 디가 아니라 알파, 브라보, 찰리, 델타로 읽는 건 지금도 정신을 바짝 차려야 할 수 있다. 일한 지 10년이 넘어서도 여전히 낯선 용어가 있지만 이제는 눈치껏 맞히는 실력이 늘었고, 그들의 화법에도 어느 정도 익숙해졌다. 하지만 시간이 지나도 여전히 군인들과 일하는 게 쉽지는 않다. 여러 학문 중에서도 특히 진보적인 면이 많은 인류학 교육을 받은 사람으로서 보수적인 성향의 군대라는 집단은 이해하기 힘들 때가 많다. 우리 기관에서도 나는 연구실이라는 부서에 속해 있고 연구실 디렉터는 민간인 인류학자여서 우리들의 고충을 잘 이해해준다. 하지만 기관을 이끄는 사람들은 모두 현역 혹은 전역 군인이라서 나와 사고의 틀 자체가 완전히 다르다.

유해 송환 같은 행사 준비도 베트남 발굴 준비도 전투 준비와 똑같은 틀에서 이루어진다. 군인들은 전투나 작전 시행 전에 여러 번 상관에게 브리핑을 하는데 그와 똑같은 브리핑 슬라이드에 내용만 바꾸어서 전혀 다른 일을 보고하니 나 같은 민간인에게는 여전히 생소하다. 그리고 미국 국방부는 모든 사전 준비가 매우 철저하게 이루어진다. 한국으로 발굴을 나가는 팀의 준비 미팅에서는 만약 팀원이 다쳤을 경우에 행동반경 내 몇 킬로미터에 무슨 병원이 있고 그 병원의 시설은 어떠하며 주한미군과 어떻게 연계되는지 등등을 아주 자세히 알아둬야 한다. 브리핑 내용의 대부분이 가서 무슨 일을 할지보다 만약에 사고가 나거나 천재지변이 터질 경우의 대처법에 초점을 맞춘다. 처음 일을 시작했을 때는 굳이 이렇게까지 해야 할까 싶었는데, 실제로 발굴 중에 심장마비로 급하게 이송해야 하는 사람이 생긴 걸 본 후로는 준비하는 게 맞지 싶기도 하다.

모병제 나라에서 미군이라는 집단이 가진 성향이 분명 있다. 2011년에는 베트남 발굴을 갔는데, 그때 처음으로 미군들하고 하루 종일 붙어서 40일을 지냈다. 대학원을 졸업한 지 1년밖에 안 된 내가 베트남이라는 곳에서 군인들로 이루어진 팀을 지휘했다는 건 지금 생각해도 아찔하다. 군대는 몰라도 발굴은 아니까 어찌어찌 발굴이 진행되었다. 발굴 기간의 절반 즈음 지났을 때 팀원 모두 지친 게 보였다. 이런 때 어떻게 하면 사기를 북돋워줄 수 있을까. 아직 갈 길이 먼데 모두 축축 처져서 갈 수는 없었다. 고민하고 있는데 팀원 부사관 중 가장 계급이 높았던 해군 상사가 나를 불렀다. 혹시 팀원의 사기를 높이는 게 고민이냐며 내 마음을 꿰뚫어 보았다. "제가 발굴은 잘 몰라도 군 생활을 오래 했기 때문에 군인 리더십에 대해서는 조금 알아요. 도와드릴까요?" 먼저 나서서 도움을 주니 참 고마웠다. 해군 상사의 조언에 따라 며칠간 발굴 페이스를 바꾸었더니 놀랍게도 모두 다시 쌩쌩해졌다. 리더십이 무엇인지에 대해서 제대로 생각해본 적 없던 내게 먼저 손 내밀어준 그가 아직도 고맙다.

군대는 상하 관계가 분명한 조직이라 다들 상사가 하라는 대로 하는 줄만 알았다. 그런데 미군도 미국 문화에 속해 있어서 그런지 회의 때 활발하게 토론이 이루어지는 걸 보고 놀랐다. 상사가 무슨 말을 했는데 한참 아래 계급의 군인이 자기는 그렇게 생각하지 않는다면서 이유를 조목조목 나열했고, 상사는 그 말을 경청했다. 물론 그렇지 않은 상사도 봤지만 대개가 그랬다. 우리 연구실도 군대는 아니지만 상하가 분명한 공무원 조직이다 보니 위에서 지시를 내리는 경우가 많은데 그때도 동의하지 않는 직원들은 목소리를 분명히 내곤 한다. 부하 직원이 동의할 수 없다는데 그걸 계급으로 찍어 누르는 경우는 거의 못 봤다. 기관 직원 전체가 모여 타운홀미팅을 할 때는 정말 자유롭게 질문을 한다. 우리 부서에 사람이 모자라는데 언제 직원 충원을 해줄 것인지부터 포상 휴가를 늘려달라는 것까지 스스럼없이 묻고 기관장님이 직접 진솔하게 대답을 한다. 국회에서 기관 예산이 확정되면 전체 회의를 소집해 예산 배정 현황과 그게 각 부서로 어떻게 배당될지도 투명하게 공개한다.

내가 가졌던 군인의 이미지는 험한 곳에서도 굴하지 않고 잘 지내는 터프가이였다. 물론 근육질의 미군들에게 그런 면도 있다. 하지만 2015년 베트남 발굴 때 베이스캠프를 설치하는 걸 보고 놀랐다. 그들은 모든 걸 매뉴얼대로 했다. 한 달 넘게 베이스캠프 생활을 할 경우 소위 '퍼세식' 화장실을 만들어야 하는데, 이때 텐트로부터 몇 미터 떨어진 곳에 깊이는 몇 미터를 파서 어떻게 만들어야 한다는 안내가 자세히 나와 있었다. 다른 부분들도 구체적인 매뉴얼이 있었다. 예를 들면 경사로를 올라가야 할 경우에는 미끄럼방지를 위해 세난식으로 흙을 깎아야 하고, 잡고 오르내릴 수 있도록 로프를

달아야 한다. 간이 화장실은 총인원이 몇 명일 경우 최소 몇 개를 만들어야 하고 변기 시트와 뚜껑도 설치해야 한다. 물을 내릴 수가 없으니 뿌릴 수 있는 가루를 넉넉히 준비해야 하며 냄새 방지를 위한 스프레이도 챙겨야 한다. 베이스캠프를 철수할 때 어떻게 해야 하는지도 매뉴얼에 나와 있었다. 뭐든 적당히 해결하는 식이 아니었다. 터프가이라고 꼭 험한 곳에서 되는대로 지내는 건 아니었다.

미군들 중에는 생각보다 외국 문화를 선뜻 받아들이지 못하는 사람도 많았다. 여러 지역으로 다양한 군인과 함께 출장을 다녔는데, 많은 경우 호텔방에서 나가지 않고 미국에서 가지고 온 땅콩버터에 과자를 먹거나 참치 캔을 따서 빵이랑 먹지, 동네 식당을 잘 안 간다. 새로운 것을 시도해보는 게 재미있는 나로서는 그게 신기했지만, 그들의 눈에는 베트남에서 반쯤 부화된 달걀 속 병아리를 먹는 나야말로 더 신기한 존재였다. 가끔 나와 성향이 비슷한 군인이 있으면 우리끼리 여기저기 다니면서 새로운 것도 먹어보고 재래시장도 다녔다. 사람 사는 모습은 전 세계 어디나 비슷하면서 달랐다. 보수적인 군인들과 일하는 게 처음에는 답답했는데 오히려 그 덕에 내가 사람을 보는 시야를 넓힐 수 있었다. 나와 성향이 매우 다른 사람들과 어쩔 수 없이 한곳에서 한 달씩 머무르거나 회의 시간에 계속 마주치게 되면, 나의 의지와 무관하게 마음이 열린다. 나는 동의하지 않지만 저렇게 생각할 수도 있겠구나. 서로 다름을 인정하고 같이 나아갈 방향을 모색하는 게 내가 미군과 일하며 얻은 큰 수확이다.

나는 영원한 동양인

—인종차별이었을까

외국인 학생을 존중해주는 미국 대학원에서 우물 안 개구리처럼 지내서인지, 나는 미국에 와서도 인종차별을 겪어보지 못했다. 오히려 남녀노소 인종 불문하고 친절하고 좋은 사람들을 많이 만났다. 설령 누군가와 부딪쳐도 '저 사람이 인종차별 혹은 성차별을 해서 나에게 이런 행동을 한다'라고 생각하기보다는 '저 사람이 나랑 안 맞는구나'라고 생각했다. 만약에 누가 나랑 싸웠다고 해서 '역시 동양 여자는 이상하다'라고 일반화하지 않으리라 믿어서였다. 취직을 해서야 처음으로 학교가 아닌 곳에서 백인들과 어울리게 되었다. 지금은 상황이 조금 달라졌지만 내가 졸업하던 때만 하더라도 인류학은 백인의 학문이었기에 인류학자가 주를 이루는 나의 직장에는 나와 다른 직원 한 명을 제외하고 백인뿐이었다. 그래도 특별히 불편한 일은 없었고 대부분의 직장 동료가 좋은 사람들이었다.

당시 우리 연구실 디렉터도 인상이 매우 좋았다. 턱수염이 가득한 그는 미국 미주리주가 고향이었고 그곳에서 대학과 대학원을 마쳤다. 하루는 내가 우리 사무실 식수대에서 물을 마시고 있을 때였다. 옆을 지나가던 디렉터가 말을 건넸다. "내가 어렸을 때 우리 동네에서는 백인하고 흑인이 같은 식수대를 쓸 수 없었어. 흑인 식수대에는 '유색 식수대'라고 써 있었는데 그걸 보면서 나랑 친구들은 거기서 무지개색 물이 나오는 줄 알았지." 말을 마친 그는 깔깔 웃으며 자리를 떴다. 나는 그 이야기를 유색인종의 유색을 물의 색으로 착각한 아이들의 천진한 이야기로 듣고 넘겼다. 그런데 이상하게 마음 한 구석이 불편했다. 그는 왜 물 마시는 유색인종인 나에게 굳이 이런 이야기를 했을까.

한번은 학회 저녁 자리에서 다 같이 맥주를 마시면서 애피타이저를 먹고 있었다. 열심히 준비했던 학회 발표가 끝나서 모두 가벼운 마음으로 즐기는 자리였는데 갑자기 디렉터가 나에게 무얼 마시냐고 묻길래 '비어beer'를 마신다고 했다. 그랬더니 다시 말해보라고 했다. 그래서 또 비어를 마신다고 했다. 그는 나를 빤히 보면서 비어에는 '어' 발음이 없다며 혀를 굴리면서 말해야 한다고, 네가 마시는 비어가 뭔지 모르겠다며 깔깔 웃었다. 그 순간 얼굴이 화끈했다. 지금이었다면 나도 당신의 미주리 영어를 못 알아듣겠다고 맞받아쳤을 텐데, 초짜였던 그때는 그러지 못했다. 모국어가 한국어인 나는 영어를 못하지는 않지만 절대로 모국어처럼 할 수는 없었고 아무리 노력해도 비어처럼 내가 잘못 발음한다는 게 인지조차 되지 않는 발음들이 있었다. 재밌자고 한 말에 발끈할 필요가 있을까. '비어는 틀린 발음이구나, 연습해야겠다'라고 생각하면서도 마음이 움츠러들었다. 나랑 아주 친한 사람도 아닌 디렉터가 굳이 그 많은 사람 앞에서 비어를 마시는 게 뻔히 보이는 나에게 이런 걸 묻는 이유가 무엇이었을까.

리아가 신생아 때 직원 환송회가 있어서 리아를 데리고 저녁 식사 자리에 갔다. 친한 직원이 그만두는 자리여서 아쉬웠다. 수십 명이 모여서 그녀의 새로운 출발을 축하해주는 자리였다. 디렉터가 이번에는 유아차에 앉아 있는 리아를 보며 한마디 했다. "네 딸 자는 거니?" 멀쩡히 깨서 두리번거리는 아이더러 이건 또 무슨 말인가 싶었다. 그는 바로 말을 이었다. "눈이 쫙 찢어지고 작아서 자는 건지 깨어 있는 건지 알 수가 없어서 물어봤어. 하하하!" 언젠가 손흥민 선수를 향해 눈을 쫙 찢는 제스처를 한 영국인이 3년간 모든 축구 경기의 관람 금지 처분을 받았다는 소식을 보았을 때, 나는 그때 생각이 났다. 지금이라면 그냥 듣고 넘기지 않았을 것이고, 설령 환송회 자리를 망치고 싶지 않아서 가만 있었더라도 다음 날 가서 사과를 요구했을 것이다. 하지만 그때는 그러지 못했다.

유유상종이라고 부부 동반 자리에서 만난 그의 아내가 한 행동도 지금껏 잊을 수가 없다. 모두가 줄을 서서 가벼운 포옹으로 인사를 나누고 있을 때였다. 내 차례가 되었는데 그녀는 멈칫거리며 뒤로 물러섰다. 나는 그녀가 왜 그러는지 몰랐고 사람들에게 밀려 그녀와 인사를 하지 않은 채 물러났다. 물론 그 순간 그녀의 다리에 쥐가 났을 수도 있고 구두가 불편했을 수도 있다. 나는 웬만하면 그렇게 생각하려는 경향이 있는데, 그동안 디렉터가 해왔던 말들과 그녀의 멈칫거림이 오버랩되면서, 어쩌면 이들은 동양인과 함께 일하고 마주하는 것 자체가 불쾌한 사람들이 아닐까 싶었다. 어렸을 적에는 물도 같이 안 마시던 사람이랑 같이 일하려니 그랬나. 그는 몇 년 후 조직개편의 회오리 속에서 잘렸고, 지금은 그의 고향과 가까운 곳에서 교수로 재직한다고 들었다.

왜 그런 부적절한 말을 듣고 가만히 있었느냐, 왜 당장 항의하지 못했느냐, 이런 말들은 나 같은 상황이 아니어도 조직 사회에서 각종 문제가 터졌을 때 피해자에게 자주 던져진다. 물론 그 상황에서 부당함을 바로 지적할 수 있다면 가장 좋겠지만, 막상 당해보면 그게 말처럼 쉽지 않다. 친한 직원의 환송회 자리에서 내가 발끈해 분위기를 망치고 싶지 않았고, 학회 끝나고 다 같이 즐기는 자리를 어색하게 만들고 싶지 않은 건 당연하다. 나의 디렉터가 가끔 저런 소리 할 때를 제외하고는 더할 나위 없이 친절한 사람이었다는 게 문제를 더 복잡하게 만들었다. 원래 좋은 사람인데 내가 오해했나보다 하며 자책하게 되기 때문이다. 나 말고 다른 모든 직원이 너무나 좋아하는 디렉터에게 일개 신입 직원이었던 내가 그의 잘못을 따지는 건 쉽지 않았다.

지금이라면 어떻게 할까. 난 문제가 생기면 당사자와

먼저 이야기를 해야 한다고 생각하기에 일단 디렉터에게 찾아가서 이래저래 불쾌했다고 말하겠지만 사실 인종과 성별 여부를 떠나 상사에게 그런 말을 하기란 쉽지 않다. 엄청난 용기를 내서 말했다면 그는 그만했을까, 아니면 더 교묘하게 행동했을까. 나는 그를 인종차별적 언행으로 신고할 용기가 있었을까, 신고했다면 어떻게 되었을까. 나중에 들은 이야기에 의하면 내가 취직하기 전에 근무하던 백인 여성 매니저가 그를 성추행으로 고소했고, 공개되지 않은 금액에 합의를 하여 소송이 취하되었다고 한다. 여성과 인종에 대한 그의 태도가 찜찜한 건 나만의 이야기가 아니었다.

상하 관계는 윗사람이 훨씬 더 조심해야 한다. 웃자고 한 이야기가 부하 직원에게 10년이 지나도 잊히지 않는 불쾌함을 줄 수 있기 때문이다. 시간이 흘러 나는 그때의 디렉터처럼 나만의 사무실이 생겼고 내 밑에는 수십 명의 직원이 있다. 그들을 대할 때 항상 내 경험을 떠올린다. 나는 나대로의 결점이 있겠지만 그래도 나의 올챙이 시절을 떠올리며 말 한마디 행동 하나도 조심하려고 노력한다(여전히 갈 길이 멀다!).

나는 영원한 이방인
—한국과 미국 사이에서

우리 기관에서 몇 년째 한국 정부에 요청해온 사안이 하나 있다. 이 문제는 비무장지대로의 출입이 필요한 거라 한국 정부에서 쉽게 허락을 해줄 수가 없다. 미국 측에서 요청할 때마다 한국 정부는 몇 년째 검토해보겠다는 회신을 했다. 여러 번 요청하는데 계속해서 검토해보겠다는 답만 듣는 게 답답했는지 내부에서 회의가 소집되었다. 열 명 정도 모였는데 모두 현역군인 아니면 전역한 군인들이었다. 나는 덩치가 내 두 배 정도 되는 백인 남자들 사이에 앉아 있었다. 도대체 왜 한국 정부는 답을 똑바로 안 내놓느냐, 제대로 답을 줘야지 이게 뭐냐고 볼멘소리가 나왔다. 그때 내가 조심스레 한마디

했다. 한국뿐만 아니라 동양에서는 거절의 표현을 이렇게 하기도 하므로 지금 상황은 안 된다고 해석하는 게 맞는 것 같다고.

갑자기 테이블 상석에 앉아 있던 미 해병 대령이 나를 똑바로 쳐다보며 거칠게 말했다. "닥터 진, 내가 비록 f○○○ 한국 문화에 대해 f○○○ 알지 못하지만, 한국이 도대체 언제 안 된다고 말했습니까? 안 되면 f○○○ 안 된다고 해야지, 그런 말을 안 했는데 닥터 진은 무슨 근거로 그렇게 말합니까?" 순간 분위기가 싸해졌다. 전혀 예상치 못했던 반응에 놀랐고, 그의 욕설이 매우 불쾌했지만 꾹 참고 답했다. "제가 모든 한국인을 대변할 수 없고 그럴 생각도 없습니다. 다만 제가 한국의 문화에 대해서 조금은 알기 때문에 제 의견을 말한 것뿐입니다." 마음 같아서는 그렇게 한국 측의 말귀를 못 알아들어서야 어떻게 리더일 수 있느냐고 쏘아붙이고 싶었지만 참아야 했다. 회의는 계속 진행되었고 결국 다시 기다려보는 수밖에 없다는 결론이 났다. 대령은 자리를 뜨면서 아까 욕해서 미안하다고 했다(이렇게 글을 쓰면서도 마음이 찜찜한 건 이분이 평소에 매우 좋은 사람이기 때문이다. 욱하지 않을 때는 정말 좋은 상사이고 항상 우리에게 모두 여러분 덕이라고 칭찬을 아끼지 않는다. 늘 사무실 문을 열어두고 언제든 누구든 환영하는 열린 마음의 소유자이기도 하다. 리더로서 많은 사람에게 존경을 받고 나도 좋아하는 분인데, 욱하는 성격 때문에 미팅에서 이런 일이 자주 발생한다. 욕을 얻어먹고도 감싸게 되는 그런 상사이다).

한국인으로서 나와 미국인으로서 내가 부딪치는 이런 순간들은 여전히 어렵다. 서울에서 태어나 어렸을 적에는 해외 주재원으로 근무하는 아버지 덕에 싱가포르와 독일을 경험하며 컸지만, 중고등학교와 대학교는 모두 한국에서 나왔기에 우리 기관의 다른 직원들보다는 한국 사람의 의중을 잘 읽을 수 있었다. 한국 정부 기관과 일할 때 한국 측에서 '검토해보겠다' '장기 계획에 반영해보겠다' 이런 식으로 답을 주고 계속해서 정확한 답을 미룰 때는 그걸 하기 힘든, 설명하기 곤란한 이유가 있다는 뜻이다. 대개 한국인을 비롯한 동양인들은 딱 잘라 안 된다고 말하는 걸 무례하게 여겨 일부러 돌려서 답하는 경우가 많다. 어렸을 때부터 본인의 감정을 정확하게 말로 표현하는 것을 배우는 미국인들에게는 그런 동양인들의 의중이 잘 전달되지 않는 걸 숱하게 보았다.

이메일이 공식 문서로 여겨지는 미국 정부 시스템과 달리 한국에서는 많은 사람이 업무를 카카오톡 메시지로 진행한다. 누군가에게 전달해야 하는 내용이 있으면 미국은 직급이 높든 낮든 간에 대개 당사자에게 이메일을 보낸다. 하지만 한국에서는 높은 분들이 직접 이메일을 확인하기보다 부하 직원을 통해 전달을 받고 회신을 한다. 기관 대 기관으로 할 이야기는 작은 것이어도 공문으로 이루어지는 한국과 달리 미국에서는 전화, 문자메시지, 이메일 등을 이용해 비공식적으로 진행되는 일도 많다. 한국은 이미 전화상으로 합의된 내용일지라도 공문으로 다시 보내주길 바랄 때가 종종 있다. 누가 옳고 그른 게 아니기에 어느 한쪽의 방식을 고집할 수는 없다.

대부분의 경우는 각 나라의 방식으로 일하도록 둘 수 있다. 하지만 중간에서 조율을 조금만 해주면 일이 더 수월하게 될 게 보이는데도 나 몰라라 하기는 힘들다. 그리하여 나는 한미 간 행사가 생기면 한국 공무원들과 수많은 단톡방에서 쉴 새 없이 메시지를 주고받게 되었다. 언어의 장벽 없이 원활하게 소통함으로써 일의 진행이 더 쉬워진다는 장점이 있지만 가끔은 나도 이런 역할이 벅찰 때가 있다. 특히 미국 사람한테는 하지 못

할 요구들을 내게 할 때는 정말 힘들다. 그럴 때는 어떻게 하느냐? 대부분 참고 넘긴다. 주변에서 왜 네가 그런 역할을 하느냐, 네가 받아주니까 계속 요구를 하는 게 아니냐는 말도 자주 한다. 맞는 말이다.

한번은 한국으로부터 미군 유해를 전달받을 일이 있었다. 마침 미군 수송기가 한국으로 가니 거기에 실어 보내주기로 했다. 미군 수송기가 부산에서 떠난다는 걸 알게 된 한국 측에서 전화가 왔다. "진 박사님, 저희가 부산까지 유해를 가지고 가는 것보다 비행기가 부산에서 출발해 서울을 경유할 수 있도록 알아봐주시면 안 될까요?" 이 직원도 윗사람의 지시를 받고 어쩔 수 없이 나에게 전화로 부탁하는 걸 뻔히 알면서 "제가 그런 걸 어떻게 알아봐요" 하고 끊을 수는 없었다(은근히 마음이 약하다!). 알아보겠다고 말하고 전화를 끊은 후의 난감함이 아직도 생생하다. 우리 기관 전용기가 있는 것도 아니고 다른 부대에서 보내는 수송기에 유해를 실어 오려는 건데 누구한테 물어보지? 우리 기관의 누군가가 이 일을 조율했을 테니 그 사람을 찾아보자. 여기저기 전화를 돌려 담당 군인을 찾았다. 한국 측에서 서울을 경유할 수 있느냐고 묻는데 그게 가능하겠느냐고 했다.

그 역시 알아보겠다며 전화를 끊었다. 결국 여러 번의 조율 끝에 미군 수송기는 서울을 경유하여 유해를 가지고 왔다. 이후로 나는 미군 수송기 루트도 조정할 수 있는 사람이 되어버렸다(나 그런 여자야!).

내가 이런 부탁을 단칼에 거절하지 않는 건 지난 10여 년간 나의 상사에게 배운 것이기도 하다. 미국의 남부 노스캐롤라이나주 출신의 버드 박사님은 나를 채용해준 고마운 분이다. 백인이고 딱히 한국과의 인연이 없는데도 한국과 관련된 모든 것에 전폭적인 지원을 아끼지 않는다. 버드 박사님은 아내가 미얀마 사람이어서 그런지 동양의 문화에 대해 깊이 알고 있다. 원하는 게 있으면 돌직구를 날려서 해결하려는 미국 스타일이 동양 문화권에서는 무례하게 받아들여질 수 있다는 것을 잘 안다. 지난 10여 년간 화내는 모습을 본 게 손에 꼽을 정도로 성품이 온화하고 웬만해서는 직원에게 싫은 소리를 안 하며 우리 연구실을 잘 이끌어왔다. 작은 일이어도 부당하다고 느끼면 욱했던 나와 달리, 크고 부당한 일에도 일단 한발 물러서서 상대방의 입장을 생각해보고 왜 그런 요청을 했는지 먼저 생각하는 분이다. 그렇게 몸소 효율적인 리더십을 보여주는 상사 밑에서 일하며 나도 점차 그렇게 바뀌어갔다(물론 나는 아직 갈 길이 멀다). 거절할 수밖에 없는 일인지, 아니면 내가 번거로워서 하지 않으려는 건지를 구분하는 법도 배웠다. 수송기 루트를 돌리는 건 내 업무와 무관하지만 상대방이 요청하면 검토는 해볼 수 있다는 것 역시 버드 박사님에게 배운 리더십이었다.

문화가 무엇이냐는 건 인류학 수업에서 수도 없이 다루는(내게는 다소 지루했던) 주제인데, 어떤 문화이든 그 속에서 직접 경험해보지 않으면 이해하기 힘든 무언가가 있다. 우리 기관은 한국을 비롯해 일본, 중국, 베트남, 태국, 캄보디아 등의 다양한 아시아 국가와 협력한다. 모든 미국 사람이 항상 동양의 문화를 존중해줄 필요는 없을지라도 가끔 기본적인 것에도 무지함을 넘어 무례함으로 이어지는 경우를 본다. 내가 중간에서 목소리를 낼 때도 많은데 그럴 때마다 한편으로는 조심스럽다. 나는 미국 공무원으로 채용되던 날, 성조기 앞에서 미국의 국익을 우선으로 할 것을 맹세한 사람이고 미국 정부로부터 월급을 받기에 결국은 미국의 입장을 대변해야 한다. 하지만 많은 일이 한 나라가 이익을 보면 다른 나라가 손해를 보는 제로섬게임이 아니기에 최대한 양쪽이 만족할 만한 협상을 이끌어내는 것이 내가 최선을 다하는 일들이다. 글로 쓰니 뭔가 멋진 일처럼 보일 수도 있는데 현실은 전화통 붙들고 사정하는 경우가 다반사다. 한미 회의에서 의제를 어떻게 정할지, 유해 송환 행사에서 의전을 어떻게 할지, 한미 공동 감식 일정은 언제로 잡을지 등등. 내가 이 일을 처음 시작했던 2010년에는 상상도 못 했던 일들의 한가운데 내가 서 있다. 행여나 한국 편을 드는 것처럼 보이면 안 되기에 말 한마디나 행동 하나도 더욱 조심하게 된다.

미국에서 우리끼리 회의할 때 누가 한국 측에 대해 안 좋게 말하면 은근히 기분이 나쁘다. 설령 그 내용에 동의해도 기분이 나쁜 건 어쩔 수 없다. 마치 내 친정을 흉보는 걸 듣고 있는 느낌이랄까. 한국 측과 일할 때 누가 미국은 왜 일을 그렇게 하느냐 그러면 또 기분이 상한다. 이때도 그 내용에 동의하면서 기분이 상한다. 마치 내 남편 흉보는 걸 듣고 있는 느낌이랄까. 양쪽의 장단점 혹은 차이점을 누구보다 잘 아는 위치에서 일하다 보니 감정을 완전히 배제하기는 힘들다. 대신 서로 칭찬을 주고받을 때는 남들보다 두 배로 기쁘다. 나는 뼈를 보는 일을 하는 사람이 될 거라 생각했는데, 뼈를 매개로 하는 국가 간 혹은 정부 부처 간의 다양한 이슈를 논의하고 조율하는 사람이 되었다. 생각지도 못했던 삶의 방향이지만 발을 깊이 담그면 담글수록 이 일이 재미있으니 사람 일은 정말 모르는 것이다. 미국 생활도 어느덧 20년이 넘었다. 이제는 완전한 한국인도 미국인도 아닌 애매한 사람이 되었다. 나는 영원한 이방인이다.

남편의 아리랑

우리 연구실에 10년 넘게 신원 미상으로 남겨진 유해가 있다. 유해의 신원을 확인할 때 필요한 모든 인류학적 분석을 마쳤고 유해가 발견된 시점과 장소로 미루어 볼 때 강원도 양구 격전지에서 실종된 B상병이 거의 확실했다. 70년 넘게 묻혀 있던 유해였지만 DNA 검사 결과도 잘 나왔는데 안타깝게도 마지막 단계인 DNA 결과를 유족과 비교하는 게 불가능했다. 이런 경우가 드물지는 않다. 대개 유족을 찾았는데 DNA 시료를 제공하지 않겠다고 해서 비교를 못 하는 경우이다. 가족마다 사연이 다르고 정부 기관에 유전자 정보를 넘기는 것을 꺼리는 경우도 있기에 여러 차례 잘 설득을 한다. 하지만 B상병은 유족의 DNA 시료까지 있었는데도 비교를 할 수 없었다. 그가 어렸을 때 입양되었기 때문이다. 미국에서 태어나 벨기에로 입양된 그는 성인이 되자마자 미군에 입대했다가 한국에서 전사했다. 벨기에까지 가서 유족을 찾았는데 입양가족과는 혈연이 아니어서 유전자 비교를 할 수 없었다. B상병은 무슨 사연으로 먼 나라 벨기에까지 입양이 되었을까. 그의 어린 시절은 어땠을까. 내 남편의 어린 시절처럼 힘들었을까.

1972년 봄날, 용산 거리에서 아장아장 걷는 아이가 엄마를 잃은 채 울고 있었다. 지나가던 아주머니는 아이를 경찰서에 데려다주었다. 그런데 시간이 지나도 데리러 오는 사람이 없었다. 아이는 시립병원으로 넘겨졌다. 의사는 아이의 발달 상태를 보니 돌 정도 되었을 거라 추정해, 발견 당시 일자에서 1년을 줄여 생일로 적고 이름도 지어주었다. 아이는 일산의 보육원으로 옮겨졌다. 흑백사진 속의 꾀죄죄한 아이는 번호판을 들고 있다. 서류에는 "밥, 김치, 계란, 국을 좋아하는 밝고 건강한 아이"라고 적혀 있다.

미국 뉴욕 롱아일랜드 시골에 살던 백인 부부에게는 친딸이 하나 있었다. 부부의 간절한 바람에도 의사는 더 이상 아이를 낳을 수 없을 거라 했다. 아들을 원했던 부부는 한국에서 입양을 하기로 했다. 그렇게 두 살의 아기는 열네 시간의 비행 끝에 노란 머리 파란 눈의 부모와 인연을 맺었다. 처음 몇 해는 괜찮았다. 아이의 애교가 넘치는 시기. 얼마나 예뻤으면 부부는 한국에서 딸을 한 명 더 입양했다. 그 무렵 사진 속의 아이는 늘 활짝 웃고 있다. 그런데 부부 사이에 그토록 원하던 친아들이 태어났다. 요즘은 해외 입양을 하려면 그 아이가 태어난 나라에 대한 교육도 받고, 난임으로 입양할 경우 친자식이 태어나면 어떻게 할지에 대한 준비도 미리 시킨다. 그러나 1970년대 초 미국 백인 양부모는 그런 준비가 되어 있지 않았다. 아버지는 트럭 운전사였고 어머니는 사무직 직원이어서 경제적으로 늘 쪼들렸다. 막내로 친아들이 태어나면서부터 한국에서 입양한 자식들은 그저 먹여 살려야 하는 짐으로 보이기 시작했다. 그때부터 아이들에게 온갖 집안일을 시켰다.

남편은 어린 시절 이야기를 잘 안 하는데 가끔 듣는 이야기 속의 남편은 참 가여운 아이였다. 그는 대여섯 살 되었을 때 엄마 아빠 돈으로 사탕을 사 먹어도 되는 줄 알고 식탁 위에 놓여 있던 50센트를 가지고 나가 친구들과 신나게 사탕을 사 먹고 돌아왔다. 그날 그의 양어머니는 이런 도둑 새끼를 한국에서 데려왔다며 당장 너희 나라로 돌아가라고 악을 쓰며 벨트로 온몸에 멍이 들도록 때렸다. 도둑질인 줄 몰랐다고 울며 싹싹 빌던 아이는 그날 저녁 식탁에서 쫓겨나 화장실에 갇힌 채 밥을 먹었다. 화장실에서 저녁 먹는 게 비굴하게 느껴졌지만 배고프지 않으려면 먹을 수밖에 없었다.

　사춘기가 되면 배 아파 낳은 자식도 내 자식이 맞나 의심될 정도라 하니 소년의 사춘기가 어땠을지는 짐작이 간다. 양어머니는 소년과 말다툼할 때마다 너네 나라로 돌아가라며 고함을 쳤다. 욱해서 정말 가고 싶었으나 한국이라는 나라는 소년에게 멀기만 했다. 월세를 내라는 말에 소년은 닥치는 대로 아르바이트를 했다. 새벽에 신문 배달도 하고 식당에서 그릇과 바닥을 닦았다. 입양한 자식에게만 월세를 받는 양부모가 미웠지만 어쩔 수 없었다. 집에서 수시로 쫓겨났다. 친구 집에서 자기도 했지만 그것도 한두 번이지 동네 숲속이나 집 문 앞에서 자곤 했다. 더운 여름날도 새벽 공기는 차갑다는 걸 알게 되었다.

　소년이 자란 곳은 백인이 아닌 사람을 찾아보기 힘

들던 동네였다. 소년은 학교에서 끊임없이 놀림을 당했다. 동양인을 비하하는 욕설을 수시로 들었다. 한창 남의 시선에 예민할 고등학교 시절에 소년의 마음에는 분노가 자랐다. 키가 작았던 소년은 몸집이라도 키우자는 생각에 헬스장에서 살다시피 했다. 그 덕에 몸은 좋아졌으나 키도 많이 자라지 못했고 평생 허리 부상을 달고 살게 되었다. 당연히 공부는 뒷전이었다. 중고등학생 때는 학교를 거의 안 나갔고, 그 시간에 비슷한 친구들과 함께 동네 쇼핑몰을 어슬렁거리며 사춘기를 보냈다. 편의점 앞에서 지나가는 어른들한테 맥주 한 캔만 사달라고 부탁하는 불량 청소년이 내 남편이었다. 대학교 진학은 생각도 안 했다. 고등학교 졸업과 동시에 소년은 집을 나와 근처에 월세를 얻었다. 식당에서 하루 종일 일했다. 몸은 피곤해도 더 이상 양부모를 보지 않아도 되니 마음은 편했다. 그렇게 1년을 지냈다.

어느 날 문득 앞길을 고민하다가 대학교에 가야겠다는 생각이 들었다. 공부는 뒷전이었으나 머리가 나쁘지 않았기에 성적이 바닥은 아니었다. 그는 학자금 융자를 받아 남들보다 1년 늦게 뉴욕 사람들에게는 등록금 할인이 되는 뉴욕주립대학교에 진학했다. 낮에는 공부하고 밤에는 일하는 생활이 이어졌다. 새벽 2시에 집에 돌아오면 너무 피곤했으나 어떻게 낸 등록금인데 아까워서 공부를 안 할 수가 없었다. 커피를 들이켜가며 동이 틀 때까지 공부했다. 평생 정체성의 문제를 고민하며 살았기에 자연스레 역사에 관심을 가지게 되었고, 그게 이어져서 결국은 사람의 뿌리를 찾는 인류학을 전공했다.

한국이라는 나라에 대해 아무것도 알지 못했던 남편에게 대학교는 무한한 가능성을 열어주었다. 처음으로 한국 교포 친구들을 사귀었고, 그 친구들이 뉴욕 코리아타운에 데려가 낙지볶음밥을 시켜주었다. 그는 자신의 입양 서류를 보여주며 한글로 써 있는 이름을 읽어달라 했다. 1992년, 한국을 떠난 지 20년 만에 그는 교환학생으로 다시 한국 땅을 밟았다. 한국어를 빨리 배우고 싶어 신촌 하숙집에 들어갔다. 하숙집 아주머니의 진주 사투리 덕에 그의 한국어에는 지금도 경상도 억양이 남아 있다. 하숙집 형들이 아침에 신문을 들고 쪼그려 앉는 화장실에 간다는 것이 그렇게 신기했다고 한다 (그런 자세로 어떻게 신문을 읽을까!).

"저는 고아입니다." 예상치 못한 그의 말에 강의실이 쥐 죽은 듯 조용해졌다. 연세대학교에서 15개월간의 교환학생 생활을 시작한 크리스토퍼의 한마디에 교수도 학생들도 어찌 반응해야 할지 몰랐다. 한국 생활이 쉽지만은 않았다. 스무 살까지 한국에 대해 전혀 모르고 자란 그에게 많은 한국인은 생긴 게 한국 사람이니 당연히 한국의 예의범절을 갖출 것을 요구했다. 행여 미국인 같은 말과 행동이 나오면 못 배운 놈이라 비난했다. 노란 머리 백인에겐 그러지 않았을 텐데, 그래도 그는 한국이 좋았다. 당시 최고 인기곡이었던 〈질투〉는 20여 년이 지난 지금도 그가 제일 좋아하는 한국 가요이다.

우리 첫째가 돌 즈음 되었을 때 남편이 불쑥 말했다. "나도 엄마 보고 싶다. 그래도 1년을 키워줬잖아." 평소 입양에 대해서도 친모에 대해서도 무관심했던 사람이라 그런 말이 다소 놀라웠다. 어느 날 그가 지나는 말로 한마디 던졌다. "남의 자식 입양해서 키우는 사람들은 기본적으로 마음이 착한 사람이지. 내가 한국 보육원에서 컸다면 지금처럼 못 컸을 거야. 미국으로 오게 된 건 행운이었어." 남편의 생모는 단서가 될 만한 쪽지 한 장 남기지 않았다.

한국 정부에서는 해외 입양자의 가속 찾기를 위해 유전자 검사를 해준다. 주호놀룰루 대한민국 총영사관에 가서 유전자 샘플을 제공했으나, 한국 데이터베이스에 있는 수만 명 중에 남편의 가족은 없었다. 미국은 이민자의 나라여서 나의 조상이 어느 나라에서 왔는지 궁금해 유전자 검사를 많이 한다. 남편은 그렇게도 검사를 받았으나 역시 가족을 찾지 못했다. 우리 연구실에 있는 B상병의 유해가 유전자로 신원이 확인될 수 없는 것과 비슷한 상황이었다. 남편은 자신과 친한 입양아 두 명이 모두 유전자 검사를 해서 친모와 친언니를 만났다는 소식을 듣더니 뚱한 얼굴로 "좋겠네. 나를 찾는 사람은 없나 봐" 했다. 쉰이 넘어서도 마음이 아픈 거구나. 나도 엄마가 되고 보니 1년 동안 고생해서 키우다가 길에 두고 오는 엄마 마음은 어땠을까, 갑자기 엄마가 없어지고 낯선 경찰서와 병원을 거쳐 미국까지 가게 된 돌쟁이 아이는 얼마나 무섭고 외로웠을까, 공감이 된다.

남편은 나를 만난 게 자기 인생 최고의 일이고 유일한 피붙이인 아이들을 낳아줘서 고맙다는 말을 자주한다. 아이들을 앉혀놓고 "동해물과 백두산이~"를 열창하며 한국인인 걸 자랑스러워했으면 좋겠다고 이야기한다. 내가 정신없이 저녁을 준비할 때 느긋하게 소파에 앉아서 기다리는 남편이 얄미운 순간도 있지만 그럴 때마다 엄마의 말이 떠오른다. "넌 엄마가 해주는 따뜻한 밥 많이 먹었잖아. 배 서방한테 네가 사랑의 통로가 되어줘." 만약 엄마가 딸이 고생하는데 사위의 역성만 들었다면 화가 났을지도 모르는데 그렇게 말하니 나도 마음이 누그러졌다. 긍정의 선한 영향력이다. 문득 내가 좋아하는 말이 떠오른다. "It's not sacrifice, it's family(희생이 아니다, 가족이다)." 남편은 자기를 버린 엄마와 나라에 대한 원망 많았던 어린 시절을 보내고, 폭풍 같던 청년 시절도 보내고, 이제는 흰머리가 꽤 많은 중년의 아빠가 되었다. 누구보다 가족이 특별한 사람, 남편의 아리랑은 계속된다.

어쩌다 통역

나는 직업이 통역사가 아니기에 우리 기관에서 한국
과 일할 때 굳이 나서서 통역을 할 필요가 없다. 하지만
나 말고는 한국어를 제대로 할 줄 아는 사람이 없어서
지금까지 10년 넘게 웬만한 통번역은 다 맡아서 했다.
자질구레한 통역부터 시작했는데 그 덕에 한국에서 누
가 우리 기관을 방문하면 으레 그 자리에서 통역을 맡
게 되었다. 어떤 사람들은 나더러 왜 박사가 통역을 하
느냐면서 절대 하지 말라고, 그게 나의 위치를 스스로
낮추는 것이라 했다. 하지만 내 생각은 좀 달랐다. 내가
통역을 하면 간단하게 의사소통이 될 텐데 나의 직급과
직책을 고려해서 업무의 효율을 낮추는 건 받아들이기

힘들었다. 직급을 불문하고 일의 진행을 최우선으로 생각하자는 건 취직해서부터 지금까지 내가 지켜나가는 신조이다.

그랬더니 생각지 못한 커다란 이점도 있었다. 통역을 하게 되면서 당시 입사한 지 얼마 되지 않았던 나로서는 참여하기 힘든 각종 회의에도 들어가게 되었다. 높은 분들은 회의할 때 어떻게 하는지 수도 없이 보면서 많은 것을 배웠다. 딱히 부딪칠 의제가 없는 회의에서는 서로를 기분 좋게 높여주었고, 이견이 있을 때는 서로의 입장을 최대한 유지하면서 부드럽게 합의에 이르는 과정도 보았다. 끝까지 의견이 맞춰지지 않아 서로 강수를 두다가 극적으로 타결되는 것도 보면서 협상과 토론의 중요한 능력은 상대방의 심리를 잘 파악하는 것임을 깨달았다. 이 모든 것이 비록 내 일은 아니었지만 기꺼이 맡아서 통역을 담당했기에 배울 수 있는 것들이었다.

취직한 지 얼마 되지 않았을 때 한미 국장 회의에서 미국 측 통역을 맡았다. 우리 기관장님이 하와이까지 온 걸 환영한다면서 오후에 'major'도 함께 'barge'를 타고 진주만을 둘러보자고 했다. 순간 매우 당황했다. 당시 나는 군대 계급은 한국어로도 잘 몰랐기에 major가 무슨 계급인지 생각나지 않았고 barge가 뭔지는 아예 몰랐다. 통역이란 건 모른다고 얼버무릴 수 있는 게 아니어서 더듬거리기 시작했다. 이때 눈치 빠른 한국 측 통역장교가 바로 "오후에 소령도 함께 바지선을 타고 진주만을 둘러보자"라고 나 대신 통역해주었다. 우리는 눈웃음을 주고받았다. 영어와 한국어만 잘하는 게 아니라 센스까지 있는 한국의 젊은 통역장교가 얼마나 고마웠는지 모른다. 그날 오후에 나도 바지선이란 걸 타고 진주만 투어에 참여했다.

비슷한 시기에 또 한국 국방부 관계자들과의 회의에서 통역할 일이 있었는데, 그날은 대화 속에 온갖 군대 계급이 나와서 마구 헤맸다. 미리 공부를 하고 갔는데도 군대라는 조직이 여전히 생소해서인지 바로 통역이 힘들었다. 아마 그날 나 때문에 계급이 소령에서 소위로 바뀐 분도 있지 싶다(죄송합니다!). 이제는 육해공군 계급까지 한국어와 영어로 모두 잘 알고 있지만(계급 체계가 굉장히 복잡한 미 해군은 제외) 그때를 생각하면 지금도 웃음이 나온다.

우리는 한국과 함께하는 일이 많다. 한국전에서 실종된 미군이 여전히 7,500명을 넘고, 한국전에서 전사한 한국군 중에 유해가 미군과 섞여서 하와이에 있는 경우도 많다. 그러다 보니 한국 국방부와 오랫동안 소통을 해오면서 영어와 한국어 번역도 많이 했다. 한번은 우리 직원이 한국 측에서 전달받은 문서를 본인이 영어로 번역했다면서 봐달라고 가져왔다. 제대로 된 번역이라고 하기에는 많이 모자랐지만 얼추 뜻은 전달되니 괜찮다고 생각하면서 읽어 내려갔다. 그런데 발굴 예상 지역이 그려진 지도 아래 "urethra"라고 적혀 있었다. 오잉? 이 단어는 '소변이 나오는 길'이라는 뜻인데 이 단어가 왜 지도 아래 쓰여 있지? 한국어 문서를 보니 지도 설명에 "요도"라고 적혀 있었다. 필요한 것만 간단히 그린 지도를 뜻하는 요도要圖를 소변이 나오는 요도尿道로 착각했나 보다. 어처구니가 없었다. 보통 요도라고 하면 신체 기관을 생각하기는 하지만 그래도 번역할 때는 문맥을 봐야 하고 거기에 갑자기 소변 이야기가 나올 리 없으니 urethra라고 적으면 안 되지!

이런 일을 한두 번 겪은 뒤로는 아예 처음부터 번역을 내가 하겠다고 했다. 사실 우리 기관에 배정받아 오는 미군 통역병은 이런 길 세대로 할 수 있는 교육을 받지 못한 경우가 허다하다. 한국어를 전혀 모르는데 군

입대해서 몇 년 배운 실력으로 공문을 번역하는 건 쉽지 않다. 한국 교포 군인들도 여럿 봤는데 그들 대부분이 통역은 가능해도 번역은 힘들어했다. 언어라는 게 참 어렵다. 나라고 완벽한 이중언어를 구사하지는 못한다. 당연히 한국어가 더 편하고 한글로 글 쓰는 게 더 자신 있다. 하지만 나는 대학원에서 주구장창 글을 썼고 무엇보다 글 쓰는 걸 좋아하는 사람이라 번역에 유리한 위치에 있다. 북한에 보내는 서신도 여러 번 번역했다. 헬리콥터를 헬기로 번역할 것이냐 북한식인 직승기로 번역할 것이냐 고민하던 게 기억난다. 나의 이런 강점을 발휘할 수 있는 직업을 가진 게 감사했고 누가 부탁할 때마다 마다하지 않고 최선을 다해서 통번역을 했다.

그렇게 10여 년이 지났더니 나의 통번역 실력도 많이 늘었다. 예전에는 통역을 할 때 "저희 기관을 찾아주셔서 감사하다고 하십니다. 부국장님의 상사에게 잘 전달하겠다고 하십니다"라고 했다면, 이제는 말을 내가 전달하는 게 아니라 발언한 사람의 시점에서 바로 전달하는 게 맞다는 걸 배워서 "저희 기관을 찾아주셔서 감사합니다. 제 상사에게 잘 전달하겠습니다"라고 통역한다.

통역을 하기 전 만날 사람에 대해 자세히 사전조사를 하게 되었고, 대화에서 나올 만한 단어들을 다시 한번 확인해두는 습관도 생겼다(얼마 전에 전문 통역사와 이야기를 나누었는데 내가 시행착오를 겪으며 깨달은 것들을 통번역대학원에서는 기본으로 배운다고 했다). 별거 아닌 것 같지만 작은 것들이 모여 결국은 매끄러운 통역이 된다.

비록 내 업무는 아니었지만 내가 잘할 수 있는 업무여서 불평 없이 열심히 오랜 시간 맡았더니 결국은 그게 나를 성장시켰다. 많은 것을 배웠고 많은 사람을 만났다. 가끔 신입 직원 중에 오로지 본인의 업무만 하겠다는 사람도 있다. 그것도 본인의 철학이니 존중하고 굳이 남의 일까지 맡을 필요는 없다고 생각한다. 하지만 나는 다양한 일을 두루 맡음으로써 스스로 성장한 것은 물론이고 결국은 조직 내에서 나의 가치를 높였다고 생각한다. 그러니 한 번쯤 생각해볼 만한 일이다.

영원한 외국어

학부 졸업하고 바로 떠난 유학이라 대학원 문화도 모르는데 미국 문화에까지 적응하려니 매일이 고통이었다. 한국에서 다른 건 몰라도 공부라면 남에게 뒤지지 않을 자신이 있었는데 나의 미국 유학 초기 몇 년은 그런 자신감을 산산조각 내버린 시간의 연속이었다. 읽어오라는 책의 분량부터 어마어마했다. 한국말로 읽어도 어려운 책일 텐데 영어로 읽으려니 시간도 두 배로 걸리고 내용도 이해가 안 갔다. 그렇다고 안 읽을 수는 없었다. 토플도, 대학원 입학에 필요한 GRE도 다 잘 봤는데 아무 소용이 없었다. 숙제가 밀리면 토론에 제대로 참여할 수가 없었고, 다음 수업에는 또 그만큼의 읽기 숙제가 나오니 정말 미칠 노릇이었다.

상대평가에서 점수가 안 나오면 다른 사람들이 나보다 잘해서 그렇다고 넘길 텐데 대학원은 절대평가였다. 절대평가에서 학점이 잘 안 나오는 건 오롯이 나의 능력 부족이었다. 내가 고작 이것밖에 안 되는데 무슨 해외 유학이냐부터 시작해서 나의 못난 실체가 드러나 SK에서 받고 있는 해외 유학 장학금이 끊기면 어쩌나, 학위를 못 받고 돌아가면 창피해서 어쩌나, 하루라도 빨리 그만두고 돌아갈까, 매일 고난의 연속이었다. 실리콘밸리에 있는 스탠퍼드대학원의 한국 유학생은 다수가 공대생이었는데 그들은 미국 학생들과 숫자로 대결하는 데에서 밀리지 않는 것 같았다. 하지만 말로 먹고사는 나 같은 문과생은 많이 밀렸다. 당시에 나는 전화카드를 사서 긴 카드 번호 눌러가며 엄마에게 전화를 했다. 엄마는 내 번호가 뜨면 전화 받기가 무서웠다고 할 정도로 자주 울었다.

토론수업 시간에 버벅거리는 것도 한두 번이지 나도 어떻게든 잘하고 싶었다. 쉴 새 없이 떠드는 미국 학생들의 이야기에 귀 기울여보면 '나도 저 정도는 아는데' 하는 생각이 들 때가 많았다. 다만 말이 길 인 퇴니까, 그리고 한국에서는 토론 문화를 익힌 적이 없었기에 입을 다물고 있었다. 문득 어린 시절의 기억이 떠올랐다. 독일에서 초등학교 저학년을 마치고 한국 학교에 5학년으로 들어갔다. 스무 명도 안 되는 교실에서 선생님과 자유롭게 질문하며 배우던 독일과는 일단 학생 수부터 큰 차이가 났다. 예순 명이 빽빽하게 들어찬 교실에서 선생님이 분수를 가르치고 있었다. 이해가 잘 안 가는 부분이 있어서 손을 번쩍 들었다. 아무리 들고 있어도 선생님은 반응이 없었다. 혹시 칠판에 쓰는 데 너무 집중해서 나를 못 봤나 싶어 선생님을 크게 부르며 질문 있다고 했다. 그랬더니 선생님이 나에게 호통을 쳤다. "모르면 창피한 줄 알고 가만 있어야지. 부끄러운 줄 모르고 질문을 해!" 교실은 쥐 죽은 듯 조용해졌고 나는 얼굴이 화끈거렸다. 모르는 건 부끄러운 건가? 모르면 물어봐야 알게 될 텐데? 모르는 건 결코 창피한 게 아니라는 걸 알았지만 그날의 무안했던 기억 때문에 손 드는 게 꺼려졌다.

어느 날 지도교수님이 나를 불렀다. 동양 문화권에서는 모르면 일단 찾아보고 그래도 모르면 질문을 한다고 들었는데, 미국에서는 질문을 하고 말을 하면서 모르는 걸 깨우치고 남의 의견을 들으며 내 생각을 조율한다고 했다. 그러면서 네가 그렇게 아무 말도 안 하면 사람들이 네가 숙제를 안 했거나 이해를 하지 못했다고 생각하니 한마디라도 해보라고 했다. 미국 문화는 그런 거구나! 어쩐지 한국 같으면 저런 당연한 소리를 굳이 남들 앞에서 하지 않을 텐데 싶은 말들도 거리낌 없이 하더라. 그날부터 용기를 내 아주 별거 아닌 말이어도 한마디씩 꼭 하기 시작했다. 그렇게 한 마디가 두 마디, 두 마디가 세 마디가 되어 점점 말이 많아졌다.

이왕 미국까지 온 것 중간에 그만두는 건 아까워서 그때부터 미친 듯이 영어 공부를 했다. 모든 것이 그렇듯 어느 정도 잘하기는 쉬운데 그다음부터는 아주 조금 더 잘하기 위해서 엄청난 노력을 들여야 했다. 수험생 시절처럼 포스트잇에 영어 단어를 써서 사방에 붙였고 영어책도 열심히 읽었다. 다행히도 원래 독서가 취미여서 (교과서 제외!) 한국어로 이미 내용을 잘 알고 있는 소설을 영어로 읽는 연습부터 했다. 영어를 잘하게 되는 수많은 방법이 있는데, 내 경우에는 제대로 된 영어를 읽고 듣는 것이 도움이 많이 되었다. 내가 말하는 것은 어차피 엉터리로 해도 워어민이 다 알아들어서 그렇게 도움이 되지는 않았다. 리포트 하나 쓰는 것도 매번 괴로웠다. 한국말로 쓰면 정말 잘 쓸 수 있는데. 그렇다고 한국어로 쓰고 번역을 하면 잘되느냐? 그렇지 않았다. 아무리 매끄러운 번역도 어딘가 약간의 어색함이 느껴지는 건 언어마다 고유의 글쓰기 방식과 문체가 있기 때문이다. 번역은 단순히 단어를 바꾸는 것 이상이다.

시간이 흘러 2010년에 인류학 박사학위를 받았다. 대학원에서 보낸 7년이라는 시간 동안 뛰어난 인류학자가 되지는 못했지만 영어 공부만큼은 누구보다도 열심히 했다고 자부한다. 하지만 영어에 대한 스트레스는 이후에도 계속되었다. 외국인 학생을 배려해주는 분위기의 학교에서 나와 치열한 생존의 현장인 직장에 들어가자 영어가 더욱 중요했다. 특히 취직하여 한국전 프로젝트 팀장으로 임명된 뒤로는 팀을 이끌기 위해서라도 영어를 더 잘해야 했다. 내 프로젝트 예산이나 인력을 늘려달라고 상대방을 설득해야 하는 상황에서 버벅거릴 수는 없었다. 팀원들에게 업무 지시를 내릴 때도 콩글리시가 아닌 제대로 된 영어를 하고 싶었다. 학위만 받으면 끝날 줄 알았던 영어에 대한 고민은 계속되었다. 그래서 출퇴근 시간에 끊임없이 영어 오디오 북과 팟캐스트를 들었다.

영어를 오래 사용하다 보니 재미난 현상을 발견했다. 말에는 쓰는 사람의 사고방식이 뿌리 깊이 박혀 있다. 미국에서는 엄마 아빠를 지칭할 때도, 선생님이나 상사에게도 대명사 'you'를 쓴다. 이게 별거 아닌 것 같지만 어렸을 때부터 늘 you라고 호칭을 하면 우리말처럼 상하 관계가 분명하게 생기지 않는다. 미국에도 상사가 있고 스승이 있지만 결국 그들도 you and I, 너와 나의 관계다. 우리 아이들이 가끔 "엄마, 네가 먹어"라고 하면 한국어로는 어른한테 그렇게 말하는 거 아니라고 가르쳐주지만, 난 누구나 you로 부를 수 있는 언어가 마음에 든다.

이제는 영어에 대한 부담이 조금은 줄어들었다. 영어 실력이 늘기도 했지만 매일 미국인들과 생활하면서 노하우도 생겼다. 어떤 상황에서 어떻게 반응해야 하는지도 자연스레 익혔고 무엇보다 매일 영어로 대화하고 업무를 처리하다 보니 3년 차 서당 개처럼 풍월을 읊게 되었다. 그래도 여전히 영어는 내게 채워진 족쇄 같다. 오래 차고 있어서 가끔은 차고 있다는 걸 잊기도 하지만 그렇다고 없어지지는 않는 그런 족쇄. 여선히 매일 모르는 영어 단어가 보인다. 그때마다 학생 때처럼 포스트잇에도 적고 수첩에도 적고 휴대전화에 메모하며 외운다. 그런데 이십대 시절만큼 잘 외워지지가 않는다! 몇 달을 붙여놓아도 머릿속에 박히지 않는 단어가 늘어난다. 모르는 단어에 줄 쳐놓은 책을 몇 년 만에 보았는데 그 단어를 아직까지 모르는 경우가 있었다. 그때마다 좌절감이 밀려온다. 이제는 중학생이 된 큰딸이 나에게 단어를 설명해주기도 한다. 어려운 단어만 모르는 게 아니라, 가끔 둘째의 유치원에서 보는 책에도 모르는 단어가 있다. 마치 모국어가 영어인 남편이 '곰'은 알아도 '곰돌이'는 뭔지 모르는 것처럼. 영어는 나의 영원한 외국어이다.

3   미국 국방부도
직장일 뿐

무엇이 우선일까

—하는 일이냐 직급이냐

"만약 제가 매니저로 승진해도 계속 한국전 프로젝트를 맡을 수 있나요?" 몇 년 전에 나의 보스에게 물었다. 약 3초 후에 그가 답했다. "노." 매니저는 연구실의 전반적인 운영을 담당하기 때문에 한국전 프로젝트처럼 규모가 큰 프로젝트를 같이 운영할 수는 없다고 했다. 하지만 너는 탁월한 매니저가 될 거라는 듣기 좋은 소리도 덧붙였다. "그렇다면 전 매니저 자리에 지원하지 않겠습니다. 한국전 프로젝트를 더 이상 맡을 수 없다는 건 직장에서의 제 정체성이 상실된다는 것입니다. 하지만 생각해보면 한국전 프로젝트 팀장의 업무와 책임은 웬만한 매니저보다 많으면 많았지 결코 적지 않습니다.

우리 기관 신원확인자의 30퍼센트 이상이 모두 제 프로젝트에서 나왔고, 열 명이나 되는 팀원을 데리고 있는 것도 매니저들과 차이가 없습니다. 그러니 이 직책을 그대로 유지하되 승진을 시켜주십시오." 생각지도 않았는데 내 입에서 줄줄 흘러나오는 말에 나도 속으로 놀랐다. "오케이." 그러잖아도 매니저는 아니되 매니저와 같은 직급으로 승진시켜주기 위해 이미 인사과와 접촉했고 계속 추진 중이라는 반가운 답을 들었다.

나와 팀원, 달랑 둘이 시작했던 한국전 프로젝트가 어느덧 우리 기관에서 가장 중요한 프로젝트 중 하나로 당당히 자리 잡았다. 나의 직급이 무엇인지와 무관하게 '한국전 프로젝트=닥터 진'은 누구나 인정하는 사실이 되었다. 한국전 신원확인과 관련해 질문이 있으면 우리 기관장님은 물론이고 미국 인도태평양사령부 부사령관님도 나에게 직접 이메일을 보내거나 전화할 만큼 나의 입지가 공고해졌다. 미국뿐만 아니라 한국 국방부에서도 유해 관련해서는 DPAA의 진 박사에게 물어보면 된다고 생각하고, 심지어 한국 행정안전부 장관이 만든 비디오에도 "DPAA의 진 박사" 이야기가 나온다. 한국전 실종 미군 유족들도 내게 문자메시지와 이메일로 질문을 하고 응원도 보내준다.

사실 누가 나를 알아주는지는 중요하지 않다. 난 원래 남이 나를 어찌 보는가에 무관심한 편이다. 내가 이렇게 열심히 했는데 왜 몰라줄까, 내가 어떻게 했는데 저 사람이 저럴까, 이런 생각 자체가 잘 들지 않는 건 타고난 성격이다(왜 남들이 나를 알아줘야 하지?). 내가 어떻게 했는지는 스스로가 잘 아니까 나 자신에게 당당하면 그걸로 충분하다. 하지만 아직 한참 더 일해야 하기에 앞으로 어떻게 커리어를 설계할지에 대한 생각은 해보았다. 당시 우리 연구실 부디렉터가 그만두면서 그 자리를 두고 매니저들끼리 치열하게 경쟁한 끝에 한 사람이 뽑혔다. 그렇게 매니저 자리가 공석이 되면서 채용공고가 났다. 정규직 공무원 자리는 하나만 늘어나도 연금까지 계산하면 재정이 많이 들어가기 때문에 웬만해서 새로운 자리가 나지 않아 귀한 기회였다.

공고가 날 걸 알고 있었기에 미리 나는 보스인 연구실 디렉터에게 한국전 프로젝트를 계속 맡을 수 있느냐는 질문을 하러 갔던 것이다. 누가 채용이 될지는 뚜껑을 열어봐야 알 수 있지만, 지난날을 돌이켜보면 늘 예상했던 사람들이 승진을 했다. 나 역시 연차나 근무 성과 등으로 볼 때 매니저 자리에 뽑힐 가능성이 충분했다. 겉으로는 조용하지만 뒤에서는 누가 지원할 것인지에 대한 수근거림이 많았다. 나중에 들어보니 과연 내가 한국전 프로젝트를 포기하고 매니저 자리에 지원할 것인지에 대해 의견이 반반으로 갈렸다고 했다.

이미 나의 상사에게 이야기한 것처럼 난 결국 지원을 하지 않았다. 만약 내가 한국전 프로젝트를 포기하고 매니저가 된다면? 결정적으로 마음을 깔끔하게 접은 이유가 바로 이 질문에 대한 답이었다. 이 매니저 자리는 인류학 감식을 관리하는 역할이 주가 될 것인데, 나는 뼈를 분석하는 인류학 감식보다는 그를 이용해 신원을 확인하는 과정이 훨씬 더 재미있을뿐더러 한국전 업무를 보지 못하면 더 이상 일을 즐겁게 할 수 없을 것 같았다. 충분히 신나게 하고 있는 일을 단순히 승진을 위해 그만두는 건 내가 바라는 삶이 아니었다. 하지만 뭔가 말로 표현하기 어려운 아쉬움도 남았다. 내가 지원하지 않음으로써 누가 될 것인지 이미 다들 예상하는 사람이 있었는데, 결국 나보다 늦게 취직한 그녀가 매니저로 승진한 것이다. 나이 결정과 삶을 응원하며 마음속 한편의 아쉬움을 달래야 했다.

매니저 채용이 끝나고 보스가 나를 불렀다. 지금까지 한국전 프로젝트를 잘 이끌어왔고, 앞으로 600기가 넘는 한국전 무명용사의 묘지 개장을 앞두고 있으니 필요한 것 있으면 예산 걱정하지 말고 말해보라고 했다. "저는 원래 예산 걱정은 안 합니다. 그런 건 매니저가 할 일이죠!" 듣던 보스가 맞다며 웃었다. 신규 직원을 채용하게 해달라고 했더니 기다렸다는 듯 일곱 명이면 충분하겠느냐고 물었다. 예상보다 훨씬 많은 수여서 마음속으로 쾌재를 불렀지만 겉으로는 태연하게 충분하다고 답했다. 더욱 놀라운 건 필요한 직원이 어떤 자격을 갖추길 원하는지도 직접 써서 제출하면 그대로 채용 공고를 내주겠다고 했다. 잘 안 맞는 직원을 뽑으면 서로 많은 시간과 감정 소모가 있다는 걸 경험을 통해 알았기에 심사숙고해서 채용 공고를 냈다.

많은 사람이 지원했고 서류 심사 후 인터뷰를 시작했다. 당시는 코로나19가 전 세계로 확산되면서 모든 게 줌 미팅으로 이루어졌다. 온라인에서 만나는 자리지만 인터뷰하러 온 모든 사람이 화면에 보이는 배경도 신중하게 고르고 깔끔하게 차려입은 채 나타났다. 하루는 첫째의 줌 수업을 준비시키고 후다닥 면접에 들어가느라 머리도 제대로 빗지 못했다. 상대방은 인터뷰 준비를 잘하고 왔는데 이렇게 성의가 없으면 안 되지 싶어 뜨끔했다. 그다음부터는 모든 인터뷰에 나도 충분한 준비를 하고 갔다.

서류상으로는 완벽해 보였던 지원자가 막상 대화를 해보니 우리와 잘 안 맞는 경우도 있었고, 서류는 그저 그랬는데 이야기를 나눠보니 우리와 팀워크가 잘 맞을 것 같은 경우도 있었다. 대학원 석사과정을 갓 마친 젊은 여학생은 어찌나 긴장했는지 화면 너머로 몸을 덜덜 떠는 게 보였다. 도저히 인터뷰를 제대로 할 상태가 아닌 것 같아 말을 걸었다. "혹시 떨려요? 나도 옛날에 인터뷰할 때 엄청 떨었어요. 우리 그렇게 무서운 사람들 아니니까 떨지 말고 편하게 이야기해도 돼요." 모두 한바탕 웃고 나니 그녀도 한결 편해졌는지 대답을 척척 잘했다.

나의 결정에 따라 누군가는 첫 직장 생활을 시작할 수도 있고, 미국 본토에서 태평양을 건너 이사를 와야 할 수도 있다. 그 사람은 기존 직원들과 잘 지낼 수 있어야 하고, 이왕이면 즐겁게 오랫동안 일할 수 있어야 한다. 사람을 뽑는 일은 그만큼 책임이 무거워서 채용 관련 업무를 하기 전에는 늘 짤막하게 기도를 한다. 새 직원들이 하나둘 출근을 했고 나는 그들에게 업무를 가르쳐주고 덩치가 커진 프로젝트를 잘 운영하는 데 최선을 다했다. 이후로도 나는 매니저 승진 대신 한국전 프로젝트팀을 우리 연구실 최대 팀으로 키우는 길을 택했던 결정을 후회하지 않았다.

매니저로 승진하다

나와 비슷한 시기에 입사한 직장 동료가 한번은 지나는 말로 이렇게 말했다. "난 여기서 언젠가는 매니저로 승진하는 게 목표야. 너랑은 달라." 그렇지. 나를 아는 사람은 다 알았다. 나는 2010년에 일을 시작해 10여 년간 오로지 하나의 목표를 가지고 일했다. 우리 기관 역사상 첫 프로젝트였던 한국전 프로젝트를 가장 성공적인 프로젝트로 이끄는 것 외에는 다른 데 관심이 없었다. 한국전 프로젝트의 성공에 힘입어 제2차 세계대전을 중심으로 작은 프로젝트들이 생겼는데 그 모든 프로젝트의 팀원을 다 합쳐도 나의 프로젝트보다 규모가 작았다. 우리의 성과가 늘 가장 좋았던 건 아니지만 우리

만큼 꾸준히 신원확인을 한 프로젝트는 없었다.

처음 프로젝트를 맡았던 날이 생각난다. 연구실에 들어가 여기저기 놓여 있던 한국전 전사자 유해를 둘러보며 어디서부터 시작할까 고민하던 그 순간이 아직도 생생하다. 무엇보다 체계를 잘 잡아주고, 일의 흐름을 만드는 게 중요하다고 생각해 초기 2년간 모든 걸 거기에 집중했다. 그 과정에서 팀원이 서서히 늘어났고, 밤늦게까지 퇴근도 마다하고 신나서 일했다. 리아가 태어나고, 출산휴가 중 혼재 유해 매뉴얼을 만들었다. 그게 지금까지 우리 연구실 전체에서 가장 많이 쓰이는 매뉴얼 중 하나가 될 줄은 몰랐다. 첫 5년은 한국전이라는 하나의 전쟁에 국한된 프로젝트라는 개념도 생소했고, 본부와 뚝 떨어진 건물에 가 있던 나를 좌천당했다고 생각하는 경우도 있어서 이래저래 은근한 무시를 참 많이 당했다. 난 본부와 떨어져 있어서 오히려 매니저들 안 봐도 되는 자유로운 상황이 좋았는데 말이다. 시간이 지나면서 한국전 프로젝트는 점점 커졌고, 어느덧 우리는 본부 건물 정중앙의 가장 큰 공간으로 연구실을 옮겼다. 그리고 둘째 인아가 태어났다.

그동안 남들은 매니저로 승진도 했지만, 난 직급이

높아지는 데는 관심이 없었다. 물론 약간 샘이 나는 순간도 있었으나, 어차피 그 자리로 가면 한국전 프로젝트를 맡지 못한다는 이야기에 지원조차 하지 않았다. 난 이미 프로젝트를 키우며 채용과 해고, 징계 같은 매니저 일도 무수히 해왔기에, 그 경험 자체가 참 소중했다. 그 와중에 여러 번 특별 승진이 있어서, 같은 직급 내에서 호봉이 빠르게 올랐다.

작년 말에 갑자기 내 직속 상사가 네덜란드 헤이그의 국제적십자사 본부로 이직을 했다. 그러면서 공석이 생겼는데, 그 자리는 바로 한국전 프로젝트를 비롯한 우리 기관 내의 모든 프로젝트를 관리하는 새로운 개념의 매니저 자리였다. 문득 저 자리라면 하는 생각이 들었다. 한국전을 아예 포기하는 게 아니라 한 단계 위에서 큰 그림을 그리는 자리였고, 무엇보다 프로젝트라면 나보다 더 잘 아는 사람이 없었다. 그간 내가 쌓아온 경력을 바탕으로 잘할 수 있을 것 같았다. 한국전 프로젝트의 업무 흐름을 잘 잡아두었기에 이제는 다른 사람에게 넘겨도 얼마든지 잘 운영될 거라는 믿음도 있었다. 지난번에 공고가 났던 매니저 업무에는 전혀 흥미가 안 생겼는데 이 자리는 달랐다.

2021년 1월, 하나 높은 급수의 공무원 자리에 열심히 준비한 이력서를 제출했다. 한 달 후 서류 심사에 통과했다는 이메일을 받았다. 또 한 달 후 최종 몇 명에 뽑혔으니 인터뷰 시간을 잡자고 연락이 왔다. 그 소식을 듣자마자 매니저 직급에 나올 수 있는 인터뷰 질문을 샅샅이 뒤져서 나만의 대답을 준비했다. 글로도 써보고 말로도 해보면서 몇 날 며칠을 왜 내가 프로젝트 총괄 매니저가 되어야 하는지, 나의 업무 스타일은 어떤지 등에 관해 열심히 준비했다. 준비하는 과정에서 다시 한 번 내가 왜 이 자리에 지원을 하게 되었는지 돌아볼 수 있었다. 그때는 여전히 코로나19 시국이라 줌으로 화상 인터뷰를 했다. 나처럼 강철 멘털인 사람도 인터뷰 전에는 떨렸다. 하얀 블라우스에 검정 재킷을 입고 머리도 단정히 빗었다. 내가 제일 좋아하는 기도문인 주기도문을 한 번 외우고 컴퓨터를 켰다(내가 인터뷰했던 사람들도 이런 마음으로 준비했겠구나 싶었다). 줌으로 인터뷰를 하면 상대방의 몸짓이나 눈빛 등이 제대로 감지되지 않기에 굉장히 어색하고 컴퓨터에 대고 나 혼자 말하는 기분이 들어 낯설다. 다행히 인터뷰를 시작하자마자 준비했던 답이 술술 나왔다.

어떤 리더가 좋은 리더라고 생각하느냐는 질문에 "내가 직원 하나하나를 소중히 여긴다는 것을 행동으로 보여주는 사람"이라고 답했다. 실제로 그들의 업무 환경을 개선해주고 즐겁게 일할 수 있도록 손에 잡히는 변화를 이끌어내지 못하면 말뿐인 사람이 되는 거라는 이야기도 했다. 내가 이걸 중요시하는 이유는 말뿐인 약속을 많이 봤기 때문이다. 코로나19 확산 초기에 재택근무를 하는 게 너무나 힘들다는 직원에게 무엇을 해주면 좋겠느냐고 물었더니 집에 제대로 된 책상과 의자가 없어서 소파에서 근무하는 게 문제라고 했다. 다음 날 사무실에 나가서 책상과 의자를 그녀의 차에 실어주었다. 오늘은 집에 가서 다른 거 하지 말고 가구도 재배치하고 일할 수 있는 쾌적한 환경을 조성하는 데에만 신경 쓰라고 했다. 이후로 그녀는 누구보다 멋진 재택근무 오피스를 꾸몄고 일의 효율도 다시 올라갔다. 내가 해야 하는 건 그런 거였다.

다른 팀과 부딪치는 상황에는 특히 팀원들 대신 욕을 먹어도 내가 먹고, 잘못을 인정해야 할 때도 반드시 내가 했다. 한 번도 언성을 높인 적은 없지만, 지적을 해야 하는 경우에는 최대한 짧게 직설적으로 했다. 지적을 받으면 그 누구도 기분이 좋을 리 없다는 사실을 알고, 과연 그럴 가치가 있는 지적인지 먼저 잘 생각해보고 행동에 옮겼다. 다른 건 몰라도 이 신념 하나만큼은 우리 팀원들도 인정해주었다. 그럼으로써 팀원들의 사기가 높아지고, 시키지 않아도 일을 열심히 해, 결국은 팀의 성과가 높아지는 선순환이 이루어졌다.

며칠 후 우리 연구실 디렉터한테 전화가 왔다. 만장일치로 매니저가 되었다고 축하한다고 했다. 취직한 지 11년 만이었다. 나는 가장 신뢰하는 직원에게 정든 한국전 프로젝트팀을 맡기고 떠났다. 팀장이 바뀔 때가 그 팀 내의 비효율성을 개선할 수 있는 시기라서, 내 눈치 보지 말고 네가 그동안 혹시라도 바꾸고 싶었던 것 있으면 얼마든지 바꾸고 프로젝트를 재정비하라고 했다. 나처럼 하나의 프로젝트를 오래 하다 보면 기존의 방식에 익숙해져 업데이트가 제대로 안 되었을 수도 있기 때문이다. 말은 그렇게 멋지게 했지만 사실 내가 키워온 자식 같은 프로젝트라서 내 눈에는 모자란 게 보이질 않았다. 그래서인지 그녀가 무언가를 바꿀 때마다 조금 마음이 아팠다. 한국전 프로젝트에 관한 나의 존재감이 너무 커서 새 팀장이 불편할까 봐 첫 1년은 어떤 것에도 관여하지 않았다. 누가 나에게 한국전에 관해 물으면 어디에 그 정보가 있는지 뻔히 알면서도 꾹 참고 모든 질문을 새 팀장에게 하라고 지시했다. 장성한 자식 떼어놓는 섭섭함이 이런 것일까.

매니저 자리에 앉은 지도 여러 해가 지났다. 그동안 나는 한국전이 아닌 제2차 세계대전과 베트남전에 대해 많은 것을 배웠고 연구실 이외의 다른 부서와 어떤 식으로 함께 일해야 하는지도 알게 되었다. 예산이 어떤 식으로 내려오는지도 자세히 알게 되었고, 열네 개의 프로젝트를 모니터하면서 인력을 언제 어디로 이동시켜야 할지 정하는 법도 익혔다. 기존에 해보지 않은 새로운 업무를 배우는 건 복잡했지만 즐겁기도 했다. 여전히 가장 힘든 것은 직원들의 불만 사항이나 고충을 들어주고 나아질 수 있도록 도와주는 일이다.

싫은 소리 하기 나도 싫다
—매니저의 고충

팀을 이끌면서 사람을 대하는 법에 대해 많은 생각을 했다. 어떤 업무를 주었을 때 직원마다 그 목표에 도달하는 방법이 다 달랐다. 내가 생각할 때 A에서 B를 거쳐 목표인 C에 도달하면 되는데 어떤 직원은 A에서 곧장 C로 가기도 했고, A에서 B로 갔다가 다시 A를 보고 C로 가기도 했다. 어떤 직원은 A에서 C까지 가는 모든 과정을 세세하게 알려줘야 했고 다른 직원은 A 이야기밖에 안 했는데 벌써 C에 가 있기도 했다.

처음에는 직원들에게 내가 생각하는 가장 효율적인 방법을 알려주었다. 그랬더니 오히려 능률이 떨어지기도 하는 예상치 못한 상황이 발생했다. 사람마다 생각하는 순서와 방법도 달라서 내게 가장 합리적인 게 남에게는 그렇지 않을 수도 있었다. 덕분에 지시한 방법을 팀원이 곧이곧대로 따르지 않을 때도 일단 지켜보는 리더십을 배웠다. 나도 사람인지라 수시로 잔소리가 나오려 했지만 애써 꾹 누르며 기다렸다. 그러면 의외로 좋은 결과가 나오곤 했다. 뼈의 길이를 재는 법처럼 명백한 규칙에 대해서는 엄격하되 보고서는 비교적 자유롭게 써도 괜찮았다. 팀장도 팀원도 다들 성향이 달라서 서로 궁합이 잘 맞아야 분위기도 성과도 좋은 팀이 된다. 어찌 보면 당연한 이 사실을 나는 직장에서 배웠다.

직원들의 업무 능력도 세상의 모든 것과 마찬가지로 정규분포를 이룬다. 소수의 팀원은 내가 시키지도 않았는데 그다음에 내가 무얼 원할지까지 훤히 꿰고 있어 그것까지 싹 다 하고, 정반대의 소수는 무한 반복해 설명해줘도 틀린 일을 또 틀린다. 대부분은 그 중간 즈음에 있다. 한번은 매니저들이 나를 불러 네 팀원이 시키는 일마다 잘못한다며 시정이 필요하다고 했다. 그러잖아도 그 팀원은 실수가 많아서 틀릴 때마다 계속 다양한 방법으로 설명해줬지만 같은 실수를 반복했다. 결국 1년간 공을 들였는데도 개선이 되지 않아 더 이상 이 업무는 안 되겠고 다른 여러 가지 일을 담당하는 자리로 강등하는 결정을 내렸다. 이런 결정은 내리는 사람도 마음이 불편하다. 아무리 일을 못해서 내 속을 썩였어도 열심히 노력한 걸 알기에 더욱 곤란했다.

성격이 조용조용하고 사람 좋은 그녀를 내 방으로 불렀다. 최대한 차분하게 중립적으로 상황을 설명했다(이럴 때 마음이 약해져서 삼천포로 빠지면 상황이 더 악화된다. 짧고 간결하게 핵심만 말해야 한다). 그녀의 눈에서 눈물이 흐르기 시작했다. 갑 티슈를 앞에 가져다주고 하던 말을 잠시 멈추었다. 최대한 기분 상하지 않게 이야기했지만 내용상 기분이 상하지 않을 수 없겠지. 결국은 일을 못해서 직급을 한 단계 낮춰 잡무를 하라는 것이니까. 하지만 누군가가 해야 하는 일이니 일단 이걸 맡아서 하다가 시간이 좀 지나면 다시 한번 트레이닝을 받고 원래 하던 일로 복귀할 수 있다고 이야기했다. 그녀는 열심히 하는데 자꾸 틀려서 속상하다며 이런저런 하소연을 했다. 원하면 조퇴하고 집에 가서 쉬라는 말로 마무리했다. 그날 하루 종일 기분이 안 좋았다. 매니저로서 해야 하는 일이었다는 걸 알면서도, 내 앞에서 눈물을 흘리며 마음 아파하던 그녀의 모습이 자꾸 떠올랐다.

문득 또 다른 직원이 생각난다. 그녀는 학부 졸업 후 직장 생활을 하다가 뒤늦게 대학원에 들어가서 생물인류학 학위를 받아 나보다 나이가 많았다. 실종 군인을 찾는 일에 대한 열정은 대단했지만 실수가 많았고 사람들하고도 많이 부딪쳤다. 더 이상 두고 볼 수 없는 상황이라서 고민하던 어느 날 그녀가 내 방으로 들어왔다. 몇 달 전에 유방암이 재발했다면서 눈물을 흘렸다. 무슨 말을 해야 할지 몰랐다. 항암 치료와 수술 때문에 그녀는 직장을 일단 그만두겠다고 했다. 그녀의 근무 마지막 날, 작별 인사를 하러 온 그녀가 갑자기 내 두 손을 꼭 붙잡고 펑펑 울기 시작했다. "닥터 진, 전 이 직장이 평생 꿈에 그리던 곳이었어요. 날 뽑아줘서, 일할 기회를 줘서 너무 고마워요. 사실 우리 아버지가 한국전 참전 용사예요. 난 평생 닥터 진을 잊지 못할 거예요. 평생 고마워할 거예요. 더 많은 일을 잘하지 못해서 미안해요." 나는 그녀를 꼭 안아주었다.

일을 못하지는 않지만 시킨 일만 하는 직원도 있다. 매니저 트레이닝을 받을 때 인사과에서 강조하는 것 중 하나가 정해진 최수 성과 기준만 맞추면 그 직원은 할 일을 다 한 것이니 그에 대해 불이익을 주면 안 된다는 거였다. 무슨 일을 하다가도 퇴근 시간이 되면 단 1분도 지체하지 않고 퇴근하는 직원들이 어찌 보면 현명할 수도 있다. 나는 성격상 일을 마치기 전에는 놓고 갈 수가 없기에 자꾸 무급으로 초과근무를 하는데 사실 그럴 필요는 없다. 내가 그런다고 남도 그러길 바라서는 안 된다는 걸 알면서도 가끔은 마저 하고 가지 하는 생각을 속으로만 한다.

일을 잘하는 사람끼리 성격이 안 맞아서 부딪치는 경우가 매니저 입장에서 가장 힘들다. 얼마 전에 그런 팀이 있었다. 한 프로젝트에 새로운 팀장을 임용했는데 그 팀에서 이미 여러 해 잔뼈가 굵은 부팀장이 있었다. 팀장은 정규직, 부팀장은 비정규직이었다. 나는 웬만하면 프로젝트 팀장과 팀원을 믿고 개입을 안 한다. 프로젝트마다 들어오는 유해도 다르고 신원확인 과정에서의 어려움도 다르기 때문에 내가 일방적으로 획일화된 지시를 하면 오히려 성과에 방해되기 때문이다. 그래도 새로운 팀장을 넣었으니 관심을 가지고 지켜봤는데 무언가 불안했다.

첫 반년은 업무를 배우고 서로에게 익숙해지는 기간이니 성과가 뚝 떨어졌어도 그럴 수 있다고 생각했다. 그런데 1년이 지나도 예전에 잘나가던 팀의 성과가 미미했다. 부팀장이 워낙 일을 잘하고 아는 것도 많아서 팀장을 도와 성과가 더 많이 날 거라는 내 예상이 보기 좋게 빗나갔다. 부팀장은 아무것도 팀장과 공유하지 않았다. 팀장은 싫은 소리를 절대 못 하는 성격이라 부팀장이 비딱하게 나오면 무조건 피했다. 그 밑에서 다른 팀원들은 우왕좌왕했다. 떼어놓으면 둘 다 일을 잘하는데 붙여놓았더니 난장판이었다. 처음에는 둘을 같이 불러서 대화도 해보고 따로 불러서 이야기도 들어주고 중간에서 조율을 시도했다. 하지만 성격은 잘 바뀌지 않다 보니 팀장도 부팀장도 서로에게 스트레스를 받아 불면증이 생겼다 했고 부팀장은 공황장애가 와서 약까지 복용한다고 했다. 둘을 떼어놓는 것밖에는 방법이 없었다.

둘 중 누구를 팀에서 내보낼지에 대해 오래 고민했다. 나야말로 이 결정을 내리느라 잠도 못 잤다. 결국은 부팀장을 다른 신생 프로젝트로 보냈다. 그가 맡고 있던 프로젝트에 대한 애정이 얼마나 강했는지 알았기에 쉽지 않은 결정이었다. 계약직이라 내가 직접 그 결정을 전달할 수 없었고 용역회사에 통보하면 그 회사에서 직원에게 전달하는 식이었다. 통지가 내려간 날 그를 내 방으로 불렀다. 화가 잔뜩 난 얼굴로 들어오는 그를 보며 순간 괜히 불렀나 싶었다. 하지만 내가 내린 결정인 걸 아는데 아무 말도 없이 넘어가면 이유도 모른 채 당했다고 생각할 것 같았다. 나로서도 너무 불편한 자리였으나 이 대화를 하지 않으면 앞으로도 계속 불편할 테니 꾹 참고 입을 뗐다. 그의 눈시울이 붉어졌고, 분에 못 이겨 눈물이 흘렀다. 나는 왜 이런 결정을 내렸는지 설명했다. 원래 말이 많은 그가 한마디도 하지 않다가 겨우 입을 열었다. "굳이 나에게 설명하지 않아도 될 텐데 설명해줘서 고마워요. 속은 상하지만 내가 생각해도 더 이상 그 팀에서 일하기 쉽지 않았어요. 새 프로젝트에서 잘해볼게요." 그날 그는 누구보다 속상했을 것이다.

한편 일을 똑 부러지게 잘하는 직원도 여럿 있다. 그런 직원에게는 일을 더 주게 되고, 일이 많아도 뚝딱 해내니까 어느 순간부터 그게 당연한 것처럼 여겨진다. 이런 직원에게는 칭찬과 격려해주는 걸 잊으면 안 된다. 평소 눈여겨보던 직원이 있었다. 대학원생 때 우리 연구실에서 잠시 인턴 생활을 했던 그녀는 사람들이 일하기 힘들어했던 까다로운 직원 아래서 군말 없이 일을 잘했다. 계약직 자리가 났을 때 그녀를 채용했고 역시나 기대를 저버리지 않았다. 늘 주어진 일을 꼼꼼하게 제시간에 해냈다.

그녀에게 무슨 보상을 해줄 수 있을까. 보너스나 휴가가 최고지만 계약직 직원에게는 우리가 그런 걸 해줄 수 없게 되어 있었다. 그러던 차 필리핀에 출장 보낼 직원을 추천받는다기에 그녀를 강력 추천했다. 사무실에서 뼈 분석하는 경험은 많지만 발굴 경험이 적었던 그녀에게 좋은 기회였다. 해외에 나가본 적이 없다는 그녀는 난생처음 여권을 만들었다. 필리핀으로 떠나던 날, 그녀의 문자메시지가 도착했다. "내게 이런 기회를 줘서 정말 고마워요. 추천해준 닥터 진에게 누가 되지 않게 잘하고 올게요. 정말 고마워요." 출장 마치고 돌아온 그녀가 필리핀 이야기를 재잘재잘 들려주었다. 몇 년을 같이 일했는데도 업무 외적으로는 아는 게 거의 없을 정도로 거리를 두어온 직원이 필리핀에서 사 온 초콜릿을 건네면서 한참 이런저런 이야기를 했다. 그녀가 행복해하는 모습을 보니 나도 덩달아 행복했다.

일을 잘하는 또 다른 직원은 늘 시킨 일을 바로 다 해서 더 이상 시킬 일이 없을 정도였디. 힝싱 일을 너 달라고 하는데 줄 게 없었다. 잡무부터 중요한 일까지 두루 섭렵해 늘 즐거운 모습으로 업무를 끝냈다. 그러다 보니 야근이나 주말 근무를 할 필요가 없어서 특근 수당을 전혀 받지 못하는 딜레마에 빠졌다. 물론 일을 아주 못하는 직원의 특근 신청은 애초에 허락하지 않지만 그럭저럭 하는 직원들은 밀린 일을 마무리한다며 종종 주말 근무를 해 돈을 더 받는데 이 직원은 일을 너무 잘해서 그런 혜택을 받지 못하니 공평하지 않아 보였다. 어떻게 할까 고민하다가 방법이 떠올랐다. 그녀에게서 문자메시지가 왔다. "닥터 진, 특별 연봉 인상 소식을 들었어요. 생각지도 못했는데 너무 고마워요." 내가 고맙지. 앞으로도 계속 이렇게 열심히 해주길! 싫은 소리를 해야 할 때는 괴로워도, 이렇게 긍정적인 영향을 줄 수 있을 때는 나도 좋다.

얼마 전에는 직원들과 회식 자리가 있었다. 그동안 나는 두 아이를 키우는 워킹 맘이어서 업무를 마치면 회식이 있어도 바로 퇴근을 했다. 이번에는 내 직속 부하 직원의 환송회여서 참석을 했다. 오랜만에 사무실 밖에서 그동안 이야기할 기회가 별로 없었던 직원들과 대화하니 재밌었다. 간단하게 맥주를 마시면서 여러 사람과 즐거운 대화를 나누다가 밥 먹으러 식당으로 자리를 옮겼다. 다 함께 걸어가는데 직원 한 명이 이런 말을 했다. "닥터 진도 알고 보니 재밌는 사람이네요! 늘 어딘가 무서워 보여서 제대로 말도 못 걸어봤는데 말이죠. 하하하!" 오잉? 그 순간 난 정말 놀랐다. 내가 무서워? 어디가? 내가 언성을 높인 적이 있어? 인상을 썼어? 옆의 직원이 생각지도 못한 말을 덧붙였다. "맞아요. 난 닥터 진이 무섭지는 않은데 보고하러 갈 때 완벽하게 해야 할 것만 같은 부담을 느껴요." 오잉? 내가 뭐라고 한 적이 있느냐고 물었더니 그건 아닌데 그냥 그래야만 할 것 같단다. 나의 놀라는 모습에 직원들도 놀라면서 계속 대화가 이어졌다. 또 다른 직원 왈. "우리한테 목소리 한번 높인 적 없는데도 그냥 알아서 잘해야 할 것 같아요." 어머나. 나랑 친한 동료가 옆에 있길래 나 좀 구제해달라고 했더니 그녀가 말했다. "나야 너를 잘 아니까 네가 얼마나 재밌는 사람인지 알지만, 너를 매니저로만 알고 있는 직원한테는 차갑게 보일 수도 있어." 헛, 내가 이런 이미지였구나. 그래도 내 앞에서 터놓고 편하게 이야기하는 모습이 좋았다. 그날 이후로 직원들에게 다정하게 보이려고 나름 노력 중인데 얼마나 잘되고 있는지는 다음 회식 자리에 가봐야 알겠다.

몇 년 전 한국 매체와 인터뷰를 할 때였다. 북한에서 송환된 뼈는 여러 사람이 한 상자에 섞여 있어서, 나는 그걸 분류하는 과정부터 설명을 했다. 한참 듣던 아나운서가 말을 받았다. "정말 쉽지 않은 일 같네요. 이렇게 어려운 일을 매일 하려면 힘드시겠어요." 나의 답은 간단했다. "일은 복잡해도 어렵지는 않아요. 여느 직장처럼 사람과의 관계가 가장 어렵습니다." 점잖게 인터뷰를 진행하던 아나운서가 갑자기 깔깔 웃었다. 아마 모든 직장인이 비슷한 생각을 해서가 아닐까.

참을 것이냐 따질 것이냐

갓 취직했을 때 무서워 보이는 여자 직원이 묻지도 않았는데 조언을 해주었다. "이 직장에서 살아남으려면 언제 눈알을 굴릴지를 잘 생각해야 해." 부리부리한 그녀의 눈알 때문인지 그 말이 뇌리에 강력히 박혔다. 아무리 억울하고 내 말이 맞다고 생각해도 과연 그게 장기적으로 볼 때 버럭 하고 따질 가치가 있는지 잘 생각하라는 말이었다. 처음에는 그게 무슨 뜻인지 몰랐지만 이제는 그게 직장 생활(나아가서 인간관계)의 지혜라고 생각한다.

한번은 A라는 상사가 나를 한국 발굴 미션 책임자로 넣었다. 당시는 코로나19 때문에 자가 격리를 해야 해서 내가 출장을 나가면 거의 두 달 동안 팀장 자리를 비우게 되는 상황이었다. 이를 다른 사람을 통해 전해 들은 연구실 디렉터(A보다 직위가 높은 사람)가 나더러 안 된다고 했다. 하와이에서 맡은 일이 한국 출장 가서 하게 될 일보다 훨씬 중요하기 때문에 그렇게 오래 자리를 비우게 할 수 없다는 것이었다. 곤란한 상황이었지만 어쩔 수가 없었다. A에게 정중한 이메일을 보냈다. 곧 한국으로 송환할 유해 준비도 해야 하고 한국전 무명용사 묘지 개장이 2주에 한 번씩 계속 잡혀 있어서 팀장인 내가 두 달을 빠질 수는 없다고, 연구실 디렉터도 결재를 해줄 수 없다고 말이다.

바로 답장이 왔다. "도대체 당신은 발굴 나가기 괜찮은 시기가 있긴 한 겁니까? 알았어요. 빼줄게요." 혹시 유머러스하게 보낸 건가? 웃어야 하나? 가장 친한 동료에게 메일을 포워딩해서 물었다. "이걸 보고 유머러스하다고 생각하는 너의 노력이 정말 가상하다." 그렇지? 나도 기분이 확 상했으니 기분 나쁘게 회신한 게 맞았다. A는 아마 본인이 정한 것을 내가 자기보다 직위가 높은 디렉터까지 끌어들여서 안 하고 빠져나가려 한다고 생각했던 것 같다.

답을 할까 말까. "제가 발굴을 나가면 두 달 동안 거기서 누군가의 유해를 찾아 신원확인까지 할 확률이 매우 적지만, 하와이에서 프로젝트를 운영하면 같은 기간에 적어도 다섯 명의 신원확인이 가능하니, 제가 안 나가는 게 더 효율적인 것 같습니다." 이렇게 쓸까? 아니면 "그러게 말입니다. 도대체 발굴 나가기 적당한 시기가 안 생기네요". 이렇게 쓸까? 아니면 A의 메일을 나에게 안 된다고 지시를 내린 디렉터에게 포워딩해서 일러바칠까? 나로서는 억울한 상황이었다. 제일 높은 직책의 디렉터가 지시해서 따른 일인데 A가 불쾌해하니 말이다. 사실 A의 기분도 이해는 간다. 내가 누구한테 뭘 지시했는데, 그 팀원이 나더러 "다른 디렉터가 그거 하지 말래요" 하면 당연히 기분 나쁘겠지. 여기서 중요한 건 내용이나 논리와 무관하게 기분이 상할 수 있다는 것이다. 사람의 기분이란 그런 것이기에.

지금은 과연 눈알을 굴릴 때인가. 아니었다. 나는 웬만하면 눈알을 안 굴린다. 내가 설령 맞는 말을 하더라도 상대방의 기분을 확 상하게 하거나, 상대방이 틀린 걸 조목조목 짚어서 네가 얼마니 멍청한 소리를 하는지 보여주겠어 같은 식으로 나가면, 그 일에 관해서는 내가 옳을지도 모르지만 결국은 그 사람과의 관계를 망친다. 누구나 어떤 일을 할 때 자기 나름의 논리와 이유가 있다. 그게 내 눈에는 말도 안 될지 몰라도 섣불리 말도 안 되는 소리라고 하면 안 된다. 내가 하나씩 맞게 다 지적을 해도, 그걸 읽으면서 '그래, 내가 정말 멍청했네'라고 생각하는 사람은 별로 없다. 남들과 원활하게 지내는 것 역시 일 자체를 잘하는 것만큼이나 중요하다. 일은 잘하는데, 다른 팀원들과 자꾸 부딪치는 직원은 나도 썩 내키지 않으니까.

그리하여 A에게 출장에서 빼줘서 고맙다고 간단히 회신했고, 디렉터에게는 더 이상 다른 이야기를 하지 않았다. 그걸로 상황 종료. 그렇지만 A는 A의 이유로, 나는 나의 이유로 기분이 상했다. 생각해보면 참 별거 아닌 일이지만 결국에는 사회생활, 나아가 인간관계에서는 이런 작은 껄끄러움들이 쌓여 많은 스트레스를 유발하는 것 같다. 이런 걸 어떻게 받아들이느냐에 따라 어떤 사람은 도저히 참을 수 없을 만큼 힘들어하고, 어떤 사람은 그냥 그런가 보다 하고 넘어간다. 갓 취직했던 나에게 "언제 눈알을 굴릴지를 잘 생각해야 해"라는 훌륭한 조언을 해준 사람이 바로 A다. 그녀의 조언을 기억하고 나는 그녀를 대할 때 눈알을 굴리지 않았다.

*

"B에게. 시간이 날 때 당신 팀원 중 한 명이 인트라넷
에 접속해서 3번 유해를 우리 팀에게 넘긴다는 버튼을
눌러줄 수 있을까요? 그쪽에서 넘겨줘야 우리가 유전자
샘플 채취팀으로 넘길 수 있습니다. 바쁘실 텐데 부탁드
려 죄송하고 감사합니다." 친절하고 예의 바른 직원 K가
이렇게 메일을 보냈는데, 그걸 받은 직원이 불같이 화를
내면서 내게 이메일을 보냈다. "지금 당신 직원인 K에
게 이런 이메일을 받았는데, K가 뭔데 나한테 일을 시켜
라 마라 지시를 합니까? 내가 당신 팀원 지시받는 사람
입니까? 그리고 내가 직접 그 버튼을 누를 수도 있는데
굳이 우리 팀원 중 한 명에게 시키라고 부탁하는 건 뭡
니까? 내가 하는 건 싫다, 뭐 이런 소립니까? 나한테 무
슨 악감정 있어요?"

맙소사. 저렇게 예의 바른 이메일을 그렇게 꼬아서 읽
을 수도 있구나. 혹시 이메일을 보내기 전에 무슨 일이
있었나 해서 K에게 어찌 된 일이냐고 물었다. K는 저쪽

팀장이 바쁠까 봐, 버튼 누르는 사소한 것까지 부탁하는 게 실례가 될까 봐 다른 사람을 시켜달라는 의미로 썼다며 매우 당황스러워했다. 참고로 저쪽 팀은 우리 팀을 서포트해주는 게 주로 하는 일이다. 뼈가 들어오고 나가는 걸 관리해주는 유해 관리팀인데, 그쪽에서 버튼을 눌러줘야 우리가 일을 진행할 수 있다. 나라면 "3번 유해 다음으로 넘기게 버튼 눌러주세요. 감사합니다" 하고 간단히 썼을 텐데, 그랬으면 완전 기절했겠네.

그 직원은 나의 부하 직원들이 예의가 없다면서 D가 보낸 다른 이메일도 예로 들었다. "B에게. 혹시 다음 주 월요일 오후 2시에 시간이 되면 연구실에서 유해 하나 꺼내 줄 수 있을까요?" 이것에 대해서는 D가 뭔데 나한테 시간을 정해주고 만나자 말자 하냐며 너무 무례하고 자기를 시켜먹는 태도가 불쾌하다고 했다. 우와. 아무리 다시 읽어봐도 도대체 뭐가 문제인지 알 수가 없는 이메일들이었다. D와 K는 나의 직원들 중에서도 둘째 가라면 서러울 정도로 공손한 사람들이었다. 그 버튼을 내가 누를 수만 있다면 얼마든지 누를 텐데 시스템상 그 팀만 누르게 되어 있었다. 우리가 필요할 때 그 버튼을 눌러주는 것이 그 팀의 일이었다. 이 직원과 10여 년을 같이 일하면서 대강 이런 식인 건 알고 있었지만 이 경우는 단연코 최악이었다.

사실 그쪽 팀에서 내 팀원들에게 부탁하는 일도 비일비재했다. 새로운 데이터베이스를 사용하기 시작하면서 예전에 분석했던 뼈의 자료를 입력해줘야 하는데 그 일이 너무 많으니까 나를 거치지 않고 우리 팀원들에게 직접 부탁하곤 했다는 걸 나도 건너 들어서 알고 있었다. 비록 내 팀원들의 업무는 아니지만 그 정도는 틈날 때 서로 도울 수 있는 거니까 본 업무에 방해되지 않는 선에서 도와주라고도 했다. 순간 욱해서 "당신은 그럼 왜 여태까지 내 팀원들에게 이것저것 시켰습니까? 내가 모르고 있는 줄 알았나요?" 하려다가 참았다.

알고 보니 그 직원이 그동안 여러 명에게 그런 식으로 비꼬고 화를 내왔지만 다들 일을 크게 만들고 싶지 않아서 그냥 넘겨왔다고 했다. 팀원들에게 당분간 아무도 그 팀에게 메일조차 보내지 말고 아무런 부탁도 하지 말라는 지시를 내렸다. 이건 해결하고 넘어가야 할 문제였다. 그런데 아무리 화가 나도 너무 나가면 안 된다. 앞으로도 우리 팀은 그쪽 팀의 도움을 계속 받아야 하는 입장이다 보니 적당히, 그러나 단호하게 잘 해결해야 했다.

너무 뭐라고 했다가 앞으로 그쪽에서 우리 일을 공손히 매우 느리게 처리해주면 안 되니까. K와 D는 하루 종일 마음고생했지 싶다. 내가 아무리 신경 쓰지 말라고, 너희는 잘못한 게 없다고 이야기해도 마음이 편해질 리가 없을 테니까. 자기네 때문에 일이 커져서 미안하다고 하길래 잘못한 거 없으니 사과하지 말라고 했다. 특히 여직원들이 잘못하지 않은 일에도 사과를 잘하는데 난 그게 싫어서 그러지 말라고 꼭 한마디 한다.

그동안 나는 딱히 재미가 없어서 육아서를 한 권도 끝까지 읽어본 적이 없지만, 직장 생활을 하며 보아온 수많은 사람을 통해 우리 아이들이 어떤 사람으로 자랐으면 좋을지에 대해 생각을 많이 한다. 아이들이 지나치게 예민한 사람이 되지 않기를 늘 바란다. 이리 꼬고 저리 꼬고, 행간에 아무것도 없는데 어떻게든 행간에서 없는 악의를 끄집어내는 사람은 정말 같이 일하기 힘든 사람이다. 조금 손해를 보더라도 이것저것 지나치게 생각을 많이 하지 않는 단순한 사람, 난 우리 아이들이 남들에게도 스스로에게도 그런 편한 사람이 되었으면 좋겠다.

*

    매니저가 되고 1년 정도 지나서야 내 직책이 노른자
위라는 걸 알았다. 정확히 무슨 업무인지도 모른 채 한
국전을 비롯하여 제2차 세계대전과 베트남전 프로젝트
까지 지휘할 수 있다고 해서 덜컥 지원한 자리였다. 총
열네 개의 프로젝트와 60여 명의 직원을 지휘하는 자리
로, 매년 우리 기관을 통해 나오는 신원확인자의 90퍼
센트를 담당하는, 책임이 막중한 자리였다.

    새로 업무를 파악하는 과정에서 내 전임자의 심복이
었던 직원들이 묘하게 신경전을 벌이며 자료를 다 공유
하지 않았다. 매니저가 바뀌면 그동안 해온 업무 방식
에도 다소 변화가 생길 수밖에 없는데, 기존 방식에 익
숙한 직원들 중 일부는 그걸 못마땅해했다. 나도 이해
한다. 나 역시 그랬고, 지금도 나의 상사가 무얼 바꾸려
하면 저항심을 느낄 때가 있으니 충분히 이해한다. 최대
한 부드럽게, 되도록 기존의 체계를 유지하면서 중요한
부분만 수정해나갔다. 아랫사람을 잃으면 업무를 제대
로 수행할 수 없기에 웬만하면 많은 것을 오픈해서 그
들의 의견을 듣고 배우며 함께 일하는 법을 배워갔다.

가끔은 내게 새로 주어진 역할이 어색하기도 했다. 회의할 때 최종 결정권자가 되는 일이 많았는데, 그럴 때 어색해서 제대로 결정을 내리지 못한 적도 있다. 그 바람에 일이 꼬이기도 해서 단호할 때는 단호하게 하는 법도 익혔다.

문제는 기존에 내 상사였던 사람 중 한 명이 내가 승진해서 자기와 동급이 된 걸 참기 어렵다는 표현을 대놓고 한다는 것이다. 원래 나와 기질이 맞지 않는 사람이라 최대한 피해온 사람이기도 하다. 얼마 전에 내가 이메일로 업무 협조 요청을 했는데 자기한테 전화를 하라는 문자메시지가 왔다. 이번에는 또 뭐가 문제인가 싶어서 내키지 않는 마음으로 전화를 했다. 그러자 내 이메일이 너무 짧아서 무례한 명령조로 읽힌다며 나에게 욕설을 퍼부었다.

난 말이 길지 않은 편이다. 특히 끊임없이 이어지는 회의 시간에는 꼭 필요한 말 아니면 입을 다물고, 내게 동의하느냐고 물으면 예스, 한마디만 하는 편이다. 굳이 다른 사람이 한 말을 또 하면서 회의가 길어지는 게 싫다. 싫으면 싫다고 하되 그 이유도 최대한 핵심만 말하는 편이다. 내가 무례하려고 그러는 게 아니라 나와 의견이 다른 사람이 있을 때 조율을 하려면 핵심을 제대로 말해야지 아니면 삼천포로 빠져 감정싸움으로 번지기 쉽기 때문이다. 내가 싫어하는 사람이 있는 것처럼 나를 싫어하는 사람도 당연히 있겠지만, 다른 건 몰라도 내가 무례하다는 지적은 그 누구에게도 받아본 적이 없다.

전화로 그 사람이 막 화를 낼 때, 나는 어떻게 반응해야 할지 잠시 고민하다가 입을 열었디. "그린 의도가 아니었는데 그렇게 느꼈다면 미안해." 싸우자고 화를 내는데 갑자기 사과를 하니 상대가 당황하는 게 전화로도 느껴졌다. 그렇지만 나는 정말 그럴 의도가 전혀 없었고, 나중에 내가 보낸 이메일을 다시 읽어봤을 때도 도대체 어디가 불쾌하다는 건지 알 수가 없었다. "안녕하세요. 시간이 되면 조만간 이런저런 걸 논의하는 미팅을 할 수 있을까요? 이런저런 사항을 처리하다가 이러저러한 부분에 의문이 생겨서요. 다음 주 수요일 오전이 좋을 것 같은데 생각해보고 알려주세요." 이게 뭐가 짧지? 어디가 명령조라는 거지? 예전에 누가 그런 말을 했다. 어떤 사람이 계속 거슬린다면, 그건 그 사람이 실제로 잘못된 행동을 해서라기보다 내가 싫어하는 사람이라 모든 게 거슬릴 확률이 높다고. 이 사람도 나도 서로에게 거슬리는 상대인 게 틀림없었다.

어쨌거나 전화를 끊고, 업무를 마무리하고, 퇴근해서 저녁을 먹고 아이들 챙기고 다 했는데도 감정이 좀처럼 누그러들지 않았다. 비록 직급은 같지만 나보다 훨씬 오래 매니저 자리에 있었으니 존중해주고 싶은 마음도 있었고, 여기서 싸우면 내가 업무처리를 위해 필요한 회의 자체가 무산될 위기에 놓일 테니 참는 게 맞다는 판단에서 사과를 했다. 그래서 결국 회의 일정을 잡기는 했다. 나는 웬만하면 그런 일을 마음에 담아두지 않고, 특히나 퇴근 후에는 직장에서 있었던 일을 잘 떠올리지 않는 편이다. 하지만 이상하게 그날 일은 계속 거슬렸다.

예전에 잡지에서 오려두었던 말 중에 이런 게 있다. 훌륭한 저격수는 목표물이 나타나면 숨을 천천히 쉬면서 집중해 스스로의 감정 컨트롤을 완벽히 한 다음에야 방아쇠를 당긴다고. 누굴 해칠 마음이 있다는 게 아니라, 우연히 읽었던 이 말이 사회생활에 나름 유용했다. 일단 마음을 가라앉혀라. 그래, 마음을 가라앉히자. 나는 되뇌었다. 하지만 아이들도 남편도 모두 잠든 고요한 밤에 떠오르는 건 한마디뿐이었다. 당신, 부숴버릴

거야(너무 옛날 드라마인가요. 제가 대학교에 다니던 시절, 전국을 휩쓴 〈청춘의 덫〉이라는 드라마에서 심은하가 무서운 눈빛으로 뱉은 유명한 대사랍니다. 부수기는 뭘 부숩니까. 서로 적당히 피해가며 잘 지내고 있습니다).

새로운 도전 그리고 포기

"몇 년을 그렇게 열심히 해서 이제 거의 끝까지 왔는데 왜 그만두세요?"

"그만두고 싶어서요. 그만둘 수 있으니까요!"

2017년에 새로이 도전했던 정치학과 대학원 석사과정을 입학 4년 만에 공식적으로 그만두었다. 풀타임직장이 있고 아이들도 있어서 쉽지 않은 여정이었지만, 일 끝나자마자 부랴부랴 학교로 달려가 수업 듣고, 토론에 참여하고, 밤잠 줄여가며 숙제하느라 쉼 없이 달려온 시간이었다. 젊은 이십대 학생들과 함께 있으면 덩달아 나까지 힘이 났다. 둘째가 태어난 지 2주 만에 시작된 새 학기에는 퇴근 후 학교 주차장에서 유축하고 수업에 들어가는,

말 그대로 미친 듯이 바쁜 날들의 연속이었다.

이미 인류학 박사학위가 있으면서 뭐 하는 짓인가 할 텐데 사연은 이렇다. 내가 몸담고 있는 전사자 유해 감식 및 송환은 인도주의적 사업이지만 정치 외교 상황이 뒷받침해주지 않으면 이루어질 수 없다. 지금도 북한 땅 어딘가에 있을 5천여 명의 실종 미군을 찾으러 가고 싶지만 북한과 미국의 외교관계 때문에 갈 수가 없다. 라오스에서 베트남전 실종 유해 **발굴**을 하다가 비사 문제로 발굴이 중단되어 미국이 철수해야 하는 경우도 있었다. 키리바시공화국에 신원확인이 가능한 미군 유해가 있는데도 미국과 중국의 세력 싸움이 태평양 섬나라들로 번지면서 몇 년간 미국인의 입국이 불가능했다. 이런 여러 가지 외교적 상황에 대해 느낀 바가 많았고 언젠간 이를 글로 써보고 싶었다. 퇴근해서 써야지 하면 절대 안 쓸 테니 대학원을 다니면 강제로라도 쓰지 않을까 하는 생각에서 시작한 인생의 새로운 도전이었다. 다른 건 몰라도 공부는 자신 있었고, 논문도 내가 잘 아는 주제로 쓰는 것이니 할 만해 보였다.

총 여섯 과목, 18학점은 풀타임 학생에게는 식은 죽 먹기겠지만 나에게는 산 너머 산이었다. 한 학기에 한

과목밖에 들을 시간이 안 되었다. 뒤늦게 재밌어서 시작한 일이었기에 모든 과목마다 열정을 다 바쳐 공부했다. 필수과목이라서 혹은 학점을 채우기 위해서 어쩔 수 없이 공부하던 때와는 달랐다. 인류학과 고고학 공부만 숱하게 하다가 처음으로 정치학과 외교학을 공부하니 진짜 재밌었다. 내가 생각해본 적이 없던 것들도 많이 배워서 세상을 보는 눈이 한층 넓어졌다. 세상을 바꾸는 것이 법이냐 인식의 변화냐는 주제로 이루어졌던 '법과 사회'라는 수업이 특히 기억에 남는다. 고생스러웠지만 학위를 받는 데 필요한 모든 학점을 채웠고 논문만 쓰면 되는 상황에 이르렀다.

그런데 더 이상 하고 싶지가 않았다. 나도 하루 종일 일한 후 퇴근해 저녁 먹고 치우고 아이들 씻기고 모두 잠든 후에 그냥 쉬고 싶어졌다. 퇴근 후에도 주말에도 어떻게든 시간을 내서 논문을 써야지 하는 압박감이 있었는데, 문득 내가 왜 이래야지 싶은 의문이 들기 시작했다. 난 직장에서도 충분히 할 일을 열심히 하고, 가족과 살림에도 진심으로 최선을 다하는데 왜 늘 이렇게 마음 한구석에서 무얼 더 해야 한다는 압박감에 시달리는 걸까. 게다가 이것이야말로 정말 안 해도 되는 일인데? 코로나19가 전 세계로 퍼지면서 수십만 명이 죽어가는 현실에 부딪치니 지금껏 하지 못했던(혹은 억눌렀던) 생각들이 스멀스멀 고개를 들었다. 난 왜 사는가. 무엇이 중요할까. 매일 전사자 유해를 보기에 이런 생각을 자주 하기는 했지만 이번엔 뭔가 달랐다.

하지만 그런 생각들이 올라올 때마다 괜히 논문 쓰기 싫어서 핑계 대지 말라는 내면의 목소리가 들려왔다. 슈퍼 맘들은 애들도 잘 키우고 올림픽에 나가 금메달도 따고 굴지의 회사도 세우는데 고작 논문만 쓰면 되는 걸 포기하려 하다니. 나와는 비교도 할 수 없는 훌륭한 여성들이 떠오르며 중도 포기를 하려는 내가 지극히 한심하게 느껴졌다. 그냥 하기 싫어서 그만두려는 건지 아니면 정말로 이걸 원하지 않는지에 대해 나의 마음은 수도 없이 왔다 갔다 했다.

때마침 직장에서 매니저로 승진을 했고, 새로운 업무들을 파악하는 데 생각보다 훨씬 많은 시간과 노력이 필요했다. 하지만 논문을 써야 한다는 압박에서 자유롭지 못하다 보니 딱 할 일만 하고 멈추는 식이 반복되었다. 그러다 보니 스스로의 업무 파악 속도가 도무지 성에 차질 않았다. 한동안 새 직책에 올인해야 하는데 그럴 수가 없었다. 게다가 첫째가 초등학교 고학년이 되면서 아이가 더 크기 전에 충분한 시간을 함께 보내고 싶었다. 아침저녁으로 아이와 시시콜콜한 대화를 나누는 것마저 내가 바쁘니 그저 빨리 해치워야 하는 일처럼 느껴졌다. 둘째를 토닥토닥 재우는 시간이 평화롭지 않았고, 아이가 빨리 잠들어야 논문을 쓸 수 있다는 조급함이 늘 나를 따라다녔다. 더 이상 그렇게 살고 싶지 않았다.

교수님과 학교에 메일을 보내서 그만두겠다고 했다. 그러자 나중에 다시 하고 싶어지면 언제든 돌아오라는 답변이 왔다(그런 말씀은 왜 하시나요. 미련 남게!).

사실 내가 이런 결정을 하기까지 거의 모든 사람이 나의 결정을 만류했다. 여태껏 쏟은 노력이 아깝다는 것이었다. 나도 아깝긴 했다. 하지만 그 여섯 과목을 통해 그동안 한 번도 생각해보지 않은 것들에 대해 많이 배웠고, 생각의 폭과 세상을 보는 시야가 넓어진 아주 값진 시간이었다. 그렇게 바뀐 '세상을 보는 렌즈'는 어디 가지 않으니 쏟아부은 열정은 결코 헛되지 않았다. 교수 배우자 신분이라 등록금을 한 푼도 안 내고 다닌 건 덤이다. 누구도 시키지 않았고 내 커리어에 딱히 도움되지도 않을 공부를 정말 열심히도 했다. 그리고 그만둘 수 있기에 그만두었다. 내 평생 '늘 좀 더 열심히'를 바라보며 살았고, 적어도 공부에 관해서만은 중도 포기란 있을 수 없었는데도 과감히 포기하고 나니까 그렇게 자유로울 수가 없었다. 이 또한 놀고 싶어 둘러대는 핑계라는 목소리가 내면의 어디선가 들려오지만 좀 놀면 어때! 이만큼 했는데! I AM ENOUGH(이걸로 충분해)!

살림은 나의 힘

운 좋게 재밌고 잘할 수 있는 일을 업으로 삼게 된 지도 오래되었다. 직장 일 말고 내가 진짜 좋아하는 일이 또 하나 있으니 살림이다. 어렸을 때부터 지금까지 우리 엄마의 손길이 닿는 곳은 늘 깨끗하고 단정하다. 그런 엄마 밑에서 자라 그런지 아니면 엄마의 성격을 닮아 그런지, 엄마만큼은 안 되지만 집을 잘 정리하고 치우고 열심히 식구들 밥해 먹이는 것에서 큰 만족을 얻는다. 주말에 나만의 시간이 생기면 항상 책을 읽거나 집안일을 한다. 후딱 해치우고 누워서 쉬는 건 내게 휴식이 아니다.

살림이 주는 즐거움은 정말 크다. 이제는 주말 아침

의 루틴이 되어버린 화장실 청소. 눈 뜨자마자 고무장갑을 끼고 청소 스프레이를 팍팍 뿌린 다음에 거품 내서 깨끗하게 닦고 빗에 낀 머리카락을 싹 제거하고 거울과 바닥을 광나게 닦는다. 아이들 방은 되도록 스스로 정리하게 두지만 이따금 한 번씩은 들어가서 싹 청소를 한다. 이불과 침대 시트를 세탁하는 날이면 매트리스를 들어서 시트를 다시 씌우는 게 힘들기는 해도 건조기에서 막 나온 따끈따끈하고 보송보송한 이불과 시트가 참 좋다. 로봇 청소기를 매일 돌리기는 하지만 가끔은 직접 청소기로 싹 밀어주고 바닥도 물걸레질한다. 소파 끌어내고 쿠션 들어보면 도대체 어디서 온 건지 알 수 없는 부스러기들이 항상 쌓여 있다. 그럴 때 청소기 헤드를 바꾸어 싹 빨아들일 때의 쾌감이란! 어린 시절 엄마가 청소기 헤드를 바꾸어가면서 청소하던 모습이 어느덧 나의 모습이 되었다. 나는 유행하는 패션에도 각종 취미에도 큰 관심이 없지만 새로 나온 청소용품에는 귀가 솔깃하다.

청소의 장점은 해도 해도 끝이 없다는 것이다. 좋아하는 일이 끝나버리면 아쉬운데 청소는 늘 새로 할 곳이 있다. 생각지도 못했던 곳을 닦았는데 먼지가 하나도 없는 경우는 드물다. 냉장고는 사용할 때마다 조금씩 닦는 게 습관이 되어 따로 청소할 일이 없다. 음식 쟁여놓는 걸 안 좋아해서 딱 먹을 만큼 장을 봐 냉장고에 넣어두는 편이다. 가끔 부엌 찬장 속에 있는 걸 다 꺼내서 안 쓰는 것들을 정리하고 눅눅해진 과자를 버리고 찬장 구석구석을 깨끗이 닦아주면 속이 다 시원하다. 손세탁할 때 쓰는 빨래판의 울퉁불퉁한 부분에 낀 물때를 닦고, 청소기를 분해해서 그 속에 말려 있는 머리카락을 한 움큼 꺼내면 내 속까지 후련하다. 청소의 짝꿍이라 할 수 있는 정리도 즐겁다. 장 본 걸 꺼내어 필요한 곳에 줄 맞추어 예쁘게 넣어두면 바라만 봐도 뿌듯하다. 서랍에도 물건을 대충 채워 넣는 걸 안 좋아해서 빈 상자나 수납 상자를 이용해 정리를 한다. 책상 위의 펜도 안 쓰는 예쁜 접시 위에 올려놓으면 보기 좋다. 걸레도 각 잡아서 잘 접어 방향을 맞춰놓으면 기분이 좋다.

나중에 죽어서 하나님 앞에 갔을 때 너는 무엇을 하다가 왔느냐 물으신다면 나는 자신 있게 대답할 것이다. 청소도 청소지만 밥하다 왔다고. 한창 아이들을 키우는 때라 그런지 밥하는 데 가장 많은 시간과 노력이 든다. 청소는 안 하고 지나가도 되지만 밥은 꼬박꼬박 먹어야 한다. 오래전에 읽은 김훈의 소설 『칼의 노래』에 나온 끼니에 대한 묘사가 아직도 기억난다. "끼니때는 어김없이 돌아왔다. 지나간 모든 끼니는 닥쳐올 단 한 끼니 앞에서 무효였다. (…) 끼니는 파도처럼 정확하고 쉴 새 없이 밀어닥쳤다. (…) 끼니는 칼로 베어지지 않았고 총포로 조준되지 않았다." 나는 우리 집에서 끼니 챙기는 사람이다.

주말에 장 보고 재료를 손질해 냉장고에 넣어둔다. 주중에는 네 식구 모두 출근과 등교로 바빠서 정신을 바짝 차리고 냉장고에 무엇이 있으니 뭘 해 먹으면 될지 미리 생각해야 한다. 출근 전에 밥을 예약 취사로 맞춰두기도 하고 슬로 쿠커에 손질해놓은 재료를 다 넣고 전원을 켠 뒤 나가기도 한다. 학교 카페테리아가 있는데도 엄마표 도시락이 제일 좋다는 첫째를 위해 매일 새벽 5시에 도시락을 싼다. 내가 학교에 다닐 때 우리 엄마는 도시락을 점심, 저녁 두 개씩 정성스레 싸 주었는데 얼마나 맛있고 예뻤는지 수십 년이 지난 지금도 내 친구들은 그때의 엄마 도시락 이야기를 한다. 나는 그렇게까지 못하지만 엄마가 해주었던 것처럼 쪽지를 써서 넣는다. "리아야, 오늘도 즐거운 하루 보내고 있니?

밥 맛있게 먹고 이따 만나자. 사랑해." 지극히 평범한 내용이지만 아이가 좋아한다. 쪽지가 없는 날은 예전 쪽지를 모아둔 것에서 하나 꺼내어 읽는다고 했다.

이왕 싸는 거 남편 것도 내 것도 추가해서 세 개의 도시락을 준비하면 어느새 식구들이 일어나 아침을 먹는다. 아침 든든히 먹여서 보내고 싶은 마음에 그 메뉴도 전날 미리 생각해둔다. 와플에 베이컨, 오트밀에 과일, 토스트에 소시지, 밥에 국, 시간이 촉박한 날은 시리얼. 퇴근길에도 운전하면서 냉장고에 뭐가 있는지 생각한다. 조금이라도 퇴근이 늦어지면 가족들 배고플까 마음이 급하다.

집에 도착하자마자 저녁 준비를 한다. 오븐을 돌리는 날에는 예열부터 시작하고 국을 끓이는 날에는 육수부터 낸다. 예약해둔 밥솥에서 갓 지은 밥의 냄새가 솔솔 올라온다. 야채를 송송 썰고 두부를 지글지글 부친다. 퇴근이 이른 날은 밀가루와 달걀을 이용해 디너롤도 굽고 파스타도 만든다. 어린 시절 엄마가 집에서 국수 뽑는 걸 신기하게 바라본 기억이 난다. 저녁을 준비하는 모든 과정이 내게는 하루의 스트레스를 날려주는 힐링의 시간이다. 아무 생각 없이 밥하는 데 몰입하는 그 시간만큼은 온전히 내 것이다. 주말에는 손님을 집으로 초대해 마음껏 차리고 먹고 마시고 이야기하는 것이 일상이 되었다. 나의 삶은 참 단순하다.

부엌에서 보내는 시간이 많다 보니 주방용품에 애착이 간다. 새것도 좋지만 나는 손때 묻은 옛것을 더 좋아한다. 내가 유치원 다닐 때부터 엄마가 쓰던 스테인리스강 냄비 3종 세트는 40년이 지난 지금까지도 내가 잘 쓴다. 할머니가 쓰시던 투박한 숟가락으로 매일 요리를 한다. 엄마가 준 칼도 날카롭게 잘 갈아서 쓴다. 아빠가 20년 전에 나 유학 간다고 일본 출장길에 사 온 작은 밥솥(일본과 미국이 똑같이 110볼트를 써서 일부러 일본에서 사 오셨다)은 지금도 새 밥솥처럼 밥이 된다. 나의 어린 시절을 함께한 코렐 그릇은 무늬가 약간 닳았지만 그래도 매일 우리 아이들의 밥상에 오른다. 엄마 아빠가 젊은 시절에 모았던 멋진 찻잔 세트와 술잔 세트도 우리 집에 와서 귀하게 잘 쓰인다. 이런 걸 미국까지 가져오는 걸 이해하지 못하는 사람도 있다. 돈이 없는 것도 아닌데 굳이 오래된 걸 왜 가져오느냐고. 하지만 난 오래된 것이 좋다. 엄마의 오랜 살림의 흔적이 묻은 것들이 새것보다 좋다.

계절마다 명절마다 집 안 장식을 바꾸는 것도 좋아한다. 오렌지색 계열의 호박 장식을 좋아해 11월이 다가오면 소파 위의 쿠션부터 집 안 곳곳의 소품을 호박 모양 내지는 오렌지색으로 바꾼다. 추수감사절이 지나자마자 크리스마스 장식으로 다 바꾸어주면 연말 분위기가 한껏 난다. 여름에는 바다 콘셉트로도 바꿔보고, 가을에는 미국 본토에 출장 갔을 때 집어 온 단풍잎을 노끈에 꼬아 매달기도 한다. 예전에는 관심 없던 식물도 하나둘 늘어나고 있다. 1년 내내 날씨가 비슷한 하와이에서 이렇게라도 애써 계절을 느껴본다.

살림이 좋다고는 하지만 내가 젬병인 분야가 있으니 바로 다림질과 바느질이다. 다림질도 못하면서 구겨지는 건 싫어해서 스팀다리미로 어떻게든 주름을 편다. 다림질 한번 해볼까 하다가 첫째가 좋아하는 티셔츠 한가운데를 살짝 녹여버렸다. 셔츠를 다리는 건 여전히 어렵다. 이쪽이 펴지면 반대쪽이 구겨지고, 어깨는 도대체 어떻게 다려야 하는지. 그래도 다림질은 도전 정신이 생기는 영역이다. 바느질은 정말 못한다. 급할 때 단추를 달 수 있고 바지 허리춤을 줄여줄 수도 있지만 그건 바늘로 천 위아래를 왔다 갔다 하는 수준이지 바느질이 아니다. 다행히 첫째가 바느질을 좋아해서 학교에서 방과후수업으로 바느질 수업을 듣는다. 어서 마스터해서 우리 집 바느질을 책임져주길 바란다.

피곤한 날은 집안일을 잠시 놓기도 하지만 살림을 하면 할수록 기운이 나는 편이다. 요즘에는 SNS에 나처럼 살림 좋아하는 사람들이 포스팅을 많이 올려서 그걸 보며 새로운 팁도 많이 배운다. 힘들다고 생각하면 하염없이 힘들 수 있지만 집안일이 즐겁다고 생각하는 사람들 사이에 있으면 어느새 나도 다시 힘을 얻는다. 나의 직업은 뼈를 보는 것이지만 나의 일은 직장에서 끝나지 않고 집에서도 계속된다. 나는 오늘도 출근해서 열심히 일하고 퇴근 후에 열심히 육아와 살림을 한다. 모두 내 삶을 지탱해주는 소중한 것들이다.

당신의 직업이 소명이길 바랍니다

나는 매일 죽음을 접하며 산다. 출근해서 눈앞에 펼쳐진 몇백 구의 유해를 볼 때마다 이분들이 여기 계시면 안 되는데 하는 안타까운 마음이 든다. 그들은 수십 년 전에 집을 떠나 전장으로 향하던 날, 훗날 뼈가 되어 하와이 연구실에 있게 될 줄 정말 몰랐을 것이다. 한국전 중에 부상당한 많은 군인을 살리고 포로수용소에서 병으로 사망한 카폰 군종신부님의 유해가 몇 년 전 내 손을 거쳐 신원이 확인되었다(그 유해가 카폰 신부님이라는 걸 알게 된 순간의 놀라움이 지금도 생생하다). 서른다섯이란 젊은 나이에 세상을 떠난 신부님은 아군과 적군을 가리지 않고 부상병을 치료하는 등 많은 이에게 큰 감동을 주어서 사후에 무공훈장을 받았다. 신부님의 고향에서는 매년 그를 기리는 마라톤대회가 열렸고, 그의 이름을 딴 중고등학교도 있다. 그런 신부님의 유해가 발견되었으니 큰 뉴스였다. 우리가 하는 일이 미국 주요 언론사들의 저녁 뉴스에 보도된, 몇 안 되는 일 중 하나였다.

카폰 신부님의 조카가 큰아버지의 유해를 모셔 가기 위해 우리 연구실을 방문했다. 그는 주머니에서 회중시계와 묵주를 꺼내어 유해 옆에 놓았다. 신부님의 아버지가 늘 가지고 다니던 회중시계와 신부님의 어머니가 아들을 위해 기도할 때 알이 마르고 닳도록 쓴 묵주라 했다. 장례식은 고향인 캔자스주에서 성대하고 엄숙하게 진행되었다. 얼마 후 미군 군종장교팀이 우리 연구실을 방문했다. 나는 카폰 신부님의 신원확인 과정을 자세히 브리핑했다. 마지막에 대표 군종신부님이 나에게 악수를 청하며 말했다. "당신의 직업이 소명이길 바랍니다."

원래 미래에 대한 별다른 계획을 세우지 않고 당장 앞에 닥친 일들을 꾸준히 해결하며 사는 성격이라 미국 땅을 밟았을 때노 취직을 했을 때도 이런 나의 모습을 상상하지는 못했다. 한 치 앞을 모르는 인생에 계획을 세운다는 것이 별 의미가 없어 보여 취직을 해서도 커리어에 대한 계획이 없었다. 그냥 꾸준히 주어진 일들에 최선을 다했더니 내가 원하는 일을 하는 매니저로의 승진 기회가 생겼다.

한국 정부와 이렇게 많은 일을 하게 될 줄 몰랐고, 북한을 다녀오게 될 줄은 꿈에도 몰랐다. 직장을 통해 좋은 인연들도 많이 맺었다. 대체로 즐겁고 만족스러운 직장 생활이지만 그 중간중간에 치열하게 비열하게 비굴하게 부딪치고 싸우기도 했다. 상사 때문에 속이 상하기도 했고 부하 직원들 때문에 속을 끓이기도 했다. 그러는 사이 딸 둘의 엄마가 되었고 육아하면서 함께 나이 들어가는 남편과는 동지애가 싹텄으며 청소와 요리가 주는 즐거움을 알게 되었다. 아버지와의 갑작스러운 이별로 사별의 애달픔을 뼈저리게 느꼈고 사무치게 그리운 게 무엇인지 알았다. 그 모든 것이 차곡차곡 쌓여 현재의 나를 이루었다. 앞으로도 나는 지금까지 그랬던 것처럼 별 계획 없이 그때그때 주어진 일에 최선을 다하며 살 것이다. 길다면 긴 시간 동안 나를 지치지 않도록 받쳐준 건 내가 하는 모든 일의 본질이었다. 군종신부님이 해주신 말씀이 딱 맞았다. 나의 직업이 나의 소명이 되었다.